Manfred Theisen • Fabrice Boursier

NERD FOREVER

Klassenfahrt in die Hölle

DER AUTOR

Manfred Theisen wurde 1962 in Köln geboren. Er studierte Germanistik, Anglistik und Politik, forschte zwei Jahre für das deutsche Innenministerium in der Sowjetunion, arbeitete als Redakteur und leitete eine Kölner Zeitungsredaktion. Heute lebt er als freier Autor in Köln.

DER ILLUSTRATOR

Fabrice Boursier wurde 1998 geboren und besucht zurzeit das Otto-Hahn-Gymnasium in Monheim. Neben seiner Begeisterung fürs Zeichnen kennt er sich an der Konsole aus (wie ein echter Nerd) und ist Japan-Fan. Fabrice Boursier traf den Autor Manfred Theisen bei einem Schreibworkshop.

Von Manfred Theisen und Fabrice Boursier sind ebenfalls erschienen:

NERD FOREVER – Im Würgegriff der Schule (22393, Band 1)
NERD FOREVER – Ich glaub, mich trifft der Ball (15790, Band 2)

Manfred Theisen

NERD FOREVER

Klassenfahrt in die Hölle

Mit Illustrationen von
Fabrice Boursier

cbt

Der Verlag weist ausdrücklich darauf hin, dass im Text enthaltene externe Links vom Verlag nur bis zum Zeitpunkt der Buchveröffentlichung eingesehen werden konnten. Auf spätere Veränderungen hat der Verlag keinerlei Einfluss. Eine Haftung des Verlags ist daher ausgeschlossen.

Dieses Buch ist auch als E-Book erhältlich.

MIX
Papier aus verantwortungsvollen Quellen
FSC® C005833
FSC
www.fsc.org

Verlagsgruppe Random House FSC® N001967

1. Auflage
Deutsche Erstausgabe April 2016

Umschlaggestaltung: init | Kommunikationsdesign,
Bad Oeynhausen, unter Verwendung mehrerer Illustrationen
von © Fabrice Boursier
he · Herstellung: wei
Satz: KompetenzCenter Mönchengladbach
Druck und Bindung: Těšínská tiskárna, a.s., Česky Těšín
ISBN: 978-3-570-31045-8
Printed in the Czech Republic

www.cbt-buecher.de

Böses Erwachen

Es ist tiefe Nacht. Und ich sitze in der Schule, genauer gesagt im Kabuff von Hausmeister Bissig. Er steht direkt vor mir und schaut mich so grimmig an, dass mir das Blut in den Adern gefriert. Dann sagt er: »Warum hast du dich gegen Darwin gewehrt? Am Ende ziehst du immer den Kürzeren. Glaub es mir, Junge. Wenn er dir sagt, dass du die Hausaufgaben für ihn machen sollst, dann machst du sie gefälligst für ihn!«

Ich nicke.

»Es gibt immer böse Jungen, die sagen, wo es langgeht. Und es gibt immer Nerds wie dich, die dorthin gehen. Du folgst nur seinem Zeigefinger. Ist das klar?«

Ich nicke wieder.

»Gut, dass du es einsiehst. Trotzdem erhältst du deine Strafe.«

Bissig fährt in seinem Rollstuhl am Aquarium mit den Piranhas vorbei und stoppt bei den Folterwerkzeugen: Besen, Handfeger, Kehrblech und die lange grausame Papieraufpiekzange! Genau mit dieser zeigt er wie mit einem Laserschwert auf mich. Und wie ein Laserschwert macht die stählerne Papieraufpiekzange dieses vibrierende Geräusch. Mit schwerem beißendem Atem sagt nun Bissig röchelnd zu mir: »Zur Strafe dafür, dass du Darwins Befehle nicht befolgt hast, musst du den Schulhof sauber machen!«

Augenblicklich habe ich Gänsehaut und flüstere unterwürfig: »Ja, Meister. My Darth Meister.«

Dann kneift er mir mit der Zange in die Nase und ich höre Darwins Stimme.

Ich schrecke aus dem Schlaf auf. Was für ein ALBTRAUM war das denn?

Mit einem Schlag bin ich hellwach und sitze aufrecht im Bett. Immer noch habe ich diesen höllischen Geruch seines Atems in der Nase. Wieso träume ich von Darwin und Hausmeister Bissig, dem Herrscher über die Schule, über den Keller, den Schulhof und die Kreidevorräte?

Wieder glaube ich, Darwins Stimme zu hören. Er ruft nach Sarah.

Mein Geist muss noch verwirrt sein. Es ist, als würde in meinem Schädel eine Horde fieser Creeper Fangen spielen. Du kennst diese dunkelgrünen Monster, die sich zündschnurleise heranschleichen und dann neben dir explodieren. Ich hätte gestern Abend nicht so lange Minecraft spielen dürfen. Zu viele geladene Creeper waren da, zu viele Endermen, Zombies und Spinnen.

Ich fasse mir an den Kopf, richte mich auf, putze die Brille und atme jeditief durch. Klare Sicht und frischen Atem brauche ich für den neuen Tag. Denn ein Nerd muss sich konzentrieren, das Internet bereisen, Galaxien erforschen, den Mikrokosmos erkunden und sehen, was die Welt im Innersten zusammen hält.

Ich schlage die Bettdecke zur Seite und sage leise zu mir: »Beruhige dich, Nerd. In der Ruhe liegt die Kraft! Kein Creeper in der Nähe. Du sitzt alleine auf dem Rand deines Bettes und hast zwei Paar Socken übereinander an, damit du nicht frierst, falls nachts ein Einbrecher das Fenster offen stehen lässt.«

Ich sehe meinen Computer, Bürostuhl, den handgroßen Türsteher, der auf meinem Bildschirm hockt, die Kommode mit der Star-Wars-Sammlung, Anakin Skywalker, Obi Wan Kenobi, vier Klonkrieger. Alle stehen genau in der gleichen Position wie gestern. Alles ist gut! Denn Ordnung ist gut.

Auf dem Nachtschränkchen tickt der neueste Zombiewecker. Der Zeiger in seinem linken Auge nähert sich der Sechs, erreicht sie und schon reimt er lauthals los: »Dein Zombie, der ist da! Wuuuaaaaah! Wuuuaaaaah!«

Selbst die Creeper in meinem Kopf zucken zusammen. Ich drücke mit dem Zeigefinger gegen das Auge des Zombies. AUS! Kein Geschrei mehr!

Warum hat der Wecker überhaupt so früh geklingelt?

Weil heute der Tag der Tage ist, an dem ich extrem früh in die Schule muss, denn wir fahren ins Landschulheim nach Burg Finsterwald. Klassenfahrt! Finsterwald liegt hoch in den Bergen, wo die Krähen darauf lauern, dass ich an zu dünner Luft ersticke, im Permafrost erfriere oder mir die Blase explodiert, weil es im Schnitt nur eine Toilette für neun Kinder gibt. Ich will nicht ins Landschulheim, in diese Folterkammer für Nerds, wo wir niemals alleine sein dürfen, nicht einmal nachts.

Ich schalte in den Überlebensmodus und schleiche mich vorsichtig auf den Flur. Alle schlafen noch. Ich reibe mir den Sand aus den Augen. Es ist ein ganzer Sandstrand. Das Haus schnarcht. Oder besser gesagt: Unser Mops Otto, ein echter Mobbermops. Immer bereit, die Schwachen zu demütigen und sich bei den Starken einzuschleimen. Er liegt zusammengerollt vor mir auf dem gekachelten Flurboden und schnarcht, als zersäge er den brasilianischen Regenwald. Meine Schwester Sarah hat ihn aus ihrem Zimmer verbannt, weil er nachts auch noch regelmäßig furzt. Und Mopsfürze stinken fürchterlich. Stellt euch

vor, der Wabbeljabba hätte Verdauungsstörungen! Drei Schnarcher! Ein Furzer! Das ist Ottos Rhythmus!

In seinem Fressnapf liegt eine Handvoll Lackritzschnecken. Normalerweise frisst er eine ganze Packung, aber er muss abnehmen, weil sein Bauch beim Laufen fast schon den Boden berührt, wie bei einem asiatischen Hängebauchschwein. Die Schnecken haben im Gegensatz zur Coloradomischung keine 334, sondern nur 317 Kilokalorien auf 100 Gramm. Das sind exakt 17 Kilokalorien weniger!

Die Tür zum Zimmer meiner Schwester steht ein wenig offen. Ich gucke kurz hinein. Da fliegt die Tür auf, knallt mir gegen die Nase und vor mir steht Darwin: »He, Hirni!«

Meine Nase tut höllisch weh. Mit Hirni meint er mich.

Aus Darwins Mund blitzt sein etwas zu weiß geratener linker Schneidezahn hervor. Es ist ein Provisorium, weil er den echten Zahn bei einer Prügelei verloren hat. Er klopft mir gegen die Stirn. »Ist da Verstand drin!?«

Otto ist wach. Er wechselt sogleich vom Schnarch- in den Kläff-Modus und bellt mich an. Schließlich bin ich ein anerkanntes Opfer. Otto bellt und bellt. Sein Verstand ist so kurz wie sein Stummelschwanz.

»Was ist denn hier los?«, meldet sich meine Schwester.

Sarah lag gar nicht im Bett, sondern kommt von der Toilette. Die Spülung gurgelt noch im Hintergrund wie Darth Vader, wenn er sich die Zähne putzt. Sarah vereint alles Böse in sich, an sich und für sich. Ihre Haare sind dicht und ihre Fingernägel schwertlang. Sie tut stets lieb, aber sie ist nie lieb, denn sie ist eine wirkliche Schwäääääster! Der Unterschied zwischen einer Schwester und einer Schwäääääster sind nicht nur die fünf äääää, sondern auch ihr unbedingter Wille mir zu schaden. Das ergibt keinen Sinn, erfreut sie aber sehr.

Genau wie Darwin ist Sarah schon komplett angezogen. Wieso ist Darwin überhaupt hier? Auf seinem T-Shirt ist eine Pyramide mit zwei Pistolen abgebildet, die sagt: *Ägyptisch!*

»Was glotzt du so?«, fragt Darwin. »Verstehst du den Spruch nicht? Zu schwer für dich? *Eeer-giiiip-diiiich* heißt Ä-*gyp-tisch*! Kapierst du? Sonst erschießt dich die Pyramide. Witzig!«

Ich verstehe vor allem eines: Dass ich nicht entkommen kann, denn vor mir steht Darwin und hinter mir Sarah und ein kläffender Mops mit kariösen Zähnen. Das ist, als ob vor und hinter dir ein alles verschlingender Feuerball auf dich zurollt.

Nun kommt auch noch Mama im Morgenmantel. Sie ist noch ganz verschlafen und will wissen, was los ist.

Otto wufft lauter.

»Bist ein guter Wachhund. Ein ganz ein guter!«, lobt ihn Darwin, greift sich eine Lakritzschnecke aus dem Fressnapf, leckt daran und wedelt mit der Schnecke über Ottos Nase. »Guck, lecker Leckerli.« Er schleudert die feuchte Schnecke den Flur entlang. Die surrt wie ein chinesischer Kampfkringel am Kopf meiner Mutter vorbei. Otto rast hinterher, ein Kugelblitz auf vier Pfoten. Es macht PLATSCH! Die Schnecke klatscht gegen unsere Haustür und bleibt kleben. Otto springt aus vollem Lauf gierig gegen die Tür. Bong! Wie tot bleibt er auf den Fliesen liegen.

Mama sagt: »Was hast du da angerichtet, Nerd?«

»Ich hab doch gar nichts ge…« Ich schneide mir selbst das Wort ab, denn Verteidigung bringt nichts. Es kostet nur Energiepunkte. Immer, wenn in letzter Zeit etwas schief lief, bekam Sarah recht und ich unrecht. Das ist ein Gesetz in unserem Haus. Gute Schwester, böser Bruder! Ich schreibe die Einser in der Schule, Sarah schwänzt die Schule – und

trotzdem bekomme ich den Ärger. Die Eltern kümmern sich sowieso meist um ihre bösen Kinder. Das ist unser Schicksal. Falls ihr also eines dieser guten Kinder seid, dann wundert euch nicht. Nur die Bösen kriegen die volle Ladung Aufmerksamkeit.

»Musst du nicht heute ins Landschulheim?«, fragt mich Sarah freundlich.

Ich nicke vorsichtig, denn normalerweise lächelt mich meine Schwester nicht an. Warum tut sie das? Sie führt bestimmt etwas Böses im Schilde.

Sie sagt: »Dann zieh dich an, Nerd. Darwin ist extra deinetwegen vorbei gekommen.«

»Meinetwegen?« Ich bin fassungslos.

»Mensch, Nerd«, sagt Darwin. »Dein Schwesterchen will nicht, dass du alleine auf große Reise in die Jugendherberge gehst.« Dabei tritt er näher zu mir und nimmt mich warmherzig in den Arm. Sonst nimmt er mich höchstens in den Schwitzkasten. »Es lauern so viele

Gefahren auf dich. Da gibt es Monster und Haie und Kaulquappen, die Frösche werden und dich beißen können. Ich soll dich beschützen. I am your Beschützer.«

Da passt was nicht zusammen. Englisch und Deutsch. Das ist wie Pudding und Pommes auf einem Teller. Mit 98-prozentiger Wahrscheinlichkeit liegt Darwins Hang zu unkonventionellen Verknüpfungen der englischen mit der deutschen Sprache daran, dass er von Mrs. Mistpickels auf dem Zeugnis noch eine Dreiminus-Minus bekommen hat. Das motiviert ihn, englische Wörter zu gebrauchen, wann immer es geht. Meinen Informationen nach ist eine Dreiminus seine beste Note neben Ethik und Sport. Aber Ethik und Sport zählen nicht, weil Mobber häufig in diesen Fächern überragend sind.

»And my spider Günter macht für you a Sicherheitsnetz. Kapiert?«, meint Darwin weiter. Dabei zeigt er auf seinen Ohrring mit der silbernen Spinne darin. Manchmal glaube ich, dass Günter wirklich lebt, obwohl das natürlich nicht sein kann.

»Das ist aber lieb, dass er dich beschützen möchte«, meint Mama. »Nicht wahr, Nerd?«

Ich bin höchstbegabt, das ist höher als hochbegabt. Manche nennen es auch Einsteinbegabung. Doch das hier verstehe ich nicht. Sieht Mama nicht, dass Sarah und Darwin böse sind? Erkennt sie nicht den Hinterhalt?

»Ich muss mir die Zähne putzen«, sage ich, um Zeit zu gewinnen.

»Ihr regelt das schon«, meint Mama zuversichtlich.

»Klar. Wir regeln das schon«, bestärkt Sarah sie in ihrem Irrglauben.

Kennt ihr Filme, wo das Opfer plötzlich alleine mit den Bösen ist, und keiner glaubt, dass die Bösen böse sind, weil sie so lieb tun? Kennt ihr solche Filme? Sie heißen Thriller. Und ich komme mir vor wie in einem besonders üblen Thriller – und das alles um 6.08 Uhr.

Ich schließe mich im Bad ein.

»Okay. Denk nach, Nerd«, sage ich zu meinem Spiegelbild, dessen Brille beschlagen ist. Es ist heiß und feucht im Bad. Offenkundig hat sich Sarah extrem heiß geduscht. Höllenheiß. Ich stelle mir vor, wie sie ihre beiden Teufelshörner abschrubbt. Das Badezimmerfenster ist winzig. Da hindurch kann ich nicht fliehen. Vermutlich haben die beiden ohnehin die gesamte Skelett-Armee unter Führung von Lord Garmadon direkt davor postiert. Ich flüstere meinen Spiegelbild zu: »Wir brauchen einen Fluchtplan.«

»Wir hören dich«, vernehme ich Sarahs Stimme.

Wo kommt die denn her?

Verdammt! Sie haben ein Minimikro samt Minilautsprecher an einem Kabel unter der Badezimmertür hindurch geschoben. So können sie alles hören, was ich sage, und alles sehen, was ich tue.

»Beeil dich, Nerd. Wir müssen los! Du willst doch nicht den Bus verpassen?«

Genau das will ich und überlege, ob ich auf das Minimikro treten soll.

»Denk gar nicht dran, sonst gibt es Ärger«, droht mir Darwin.

Also putze ich mir die Zähne, als wolle ich sie abschleifen.

Eine Gronkhstraße und jede Menge Big Bizeps

Eine Viertelstunde und zwei Butterbrote später stehen wir vor unserem Haus. Wir wohnen an der Gronkhstraße 17. Früher hieß die Straße Schillerstraße. Aber alle Straßen in unserem Viertel wurden umbenannt, denn wir sind neuerdings das YouTube-Viertel. Die Stadt findet YouTuber wie GLP, Zombey, ApeCrime oder Dagi Bee hipper als Schriftsteller wie Goethe oder Schiller – und Gronkh ist halt ein Top-Tuber. Weil er einen schwarzen Bart trägt und manchmal schwarzen Humor hat, werden jetzt rechts und links vom Bürgersteig kleine schwarze Büsche gepflanzt. Wir stehen vor unserem Haus und die letzten Wolken machen Platz für die Sonne.
Es könnte ein schöner Tag werden, wären da nicht meine Schwester und dieser übermächtige Darwin, der sich sein

breites Kinn krault, als denke er nach. Was baumelt eigentlich für ein Band an seinem Hals?

»Da staunst du, Nerd. Die Kette hat mir Sarah gemacht.« Er zieht das Medaillon aus seinem T-Shirt hervor. Es ist ein rotes Herz. »Super, ne? Alles aus Loombändern, voll Gummi. Für mich hat sie das geloomt.«

Meine Schwester macht Loombänder? Das verwirrt mich.

»Genug gequatscht«, sagt Sarah. »Wir müssen los. Du gehst hinter uns und trägst deinen und Darwins Koffer. Klar, Nerd?«

An der nächsten Ecke biegen wir in die LeFloid-Allee. Die Trauerweiden stehen traurig am Straßenrand. Autos dürfen hier übrigens nur Schritttempo fahren, und auf den Halteverbotzeichen gibt es keine Kreuze, sondern Peace-Zeichen.

Darwin kommentiert: »He, alles voll korrekt hier! LeFloid hat immer die richtige Meinung. Ich mag ihn. Da kapiert jeder die Nachrichten. Auch wenn er blass wie 'ne Heulsuse ist!« Während ich die Koffer trage, gehen meine Schwester und er lässig Arm in Arm vor mir. Ob die auch manchmal knutschen? Ich stelle mir zwei Nacktschnecken vor, die sich aneinandersaugen.

An der Ampel schauen sie mich mitleidig an.

»Du hast von der Schlepperei ja schon so lange Arme wie ein Affe«, sagt Darwin. Wieder glänzt sein weißer Zahn zu weiß. »Soll ich den Tierschutz rufen? Affe! Tierschutz! Do you understand?« Er findet sich witzig. Anders kann ich mir sein Lachen nicht erklären.

Ich drücke auf den Touchscreen der Ampel. Darauf erscheint ein kleiner Punkt, der aussieht wie ein Tennisball. Den tippe ich an. Auf der anderen Straßenseite steht ein Junge mit einer Brötchentüte und tippt ebenfalls auf den Touchscreen an seiner Ampel. So spielen wir uns den Ball von Ampel zu Ampel, von Straßenseite zu Straßenseite zu – hin und her. Es ist wie bei einem der Videospiele, die noch mein Vater auf dem C64 gezockt hat.

Die Stadt findet solche Spielereien im YouTuber-Viertel gut.

Es wird grün. Sarah und Darwin küssen sich. Die Schnecken finden zueinander!

»Neidisch, Nerd?«, fragt mich Darwin.

»Es ist grün«, sage ich. »Hab nur auf die Ampel geguckt.«

Wir biegen noch in die Dner-Gasse, gehen ein Stück am Unge-Longboard-Park entlang und sind schließlich die ersten am Schultor.

Es ist 6:40 Uhr. Auf der anderen Straßenseite öffnet der bärtige Kioskmann seinen Kiosk. Und verschanzt sich hinter seinen Zeitungen und Zeitschriften wie ein Ritter in seiner Burg.

Der Reisebus fährt gerade vor. Seine Scheiben sind verspiegelt. Auf der Seite steht fett: **Schultour-Reisen** *– mit beheizbarer Lehrertoilette!*

Der Fahrer lässt den Motor laufen, steigt aus, zieht sein Käppi gerade, sagt kein Wort, öffnet die Ladeklappe, klettert mit seiner Bäckertüte hinein und schließt die Klappe wieder von innen. Weg ist er. Was macht der da drin?

Darwins Freunde kommen: Fettauge Felix, Riese Moritz und Roswitha Knickbein. Alle tragen eine Nerdbrille.

»He, da ist ja unser Nerd!«, ruft Roswitha. Sie beschirmt ihr Gesicht mit der Rechten, um mich gegen die aufgehende Sonne erkennen zu können.

Es ist gefährlich, wenn deine Nichtfreunde dich wie einen Freund empfangen und auch noch die gleiche Brille tragen. Fettauge Felix hält seine Hand hoch und ich gebe ihm fünf. Es klatscht laut. »Hast ja einen richtig kräftigen Schlag, Nerdi-Nerd. Respekt. Bist einer von uns!«

Er nimmt mich in den Arm und riecht nach Pommes. Er

riecht immer nach Pommes, morgens, mittags und abends, weil er Blutgruppe Gulasch und Nationalität Pommes hat.

»Wo ist denn deine Brille?«, fragt er Darwin, der sofort ein Etui aus der Tasche zieht und auch seine Brille aufsetzt.

Ich bin verwirrt. Wer ist jetzt der wahre Nerd?

Früher sagte eine schwarze Vollrandbrille aus: Seht her, ich bin kurzsichtig, weil ich so viel lese und vor dem Computer sitze!

Aber jetzt?

Fettauges Mutter und die Mutter von Darwin sind gekommen. Sie stehen neben uns und freuen sich. »Guck dir unsere Kinder an, voll klug und ganz im Trend. Für 9,99 Euro und mit Persönlichkeitsveränderung. Was heute alles möglich ist.«

Dann vergleichen sie ihre Fingernägel wie zwei Ritter ihre Schwerter. »Guck. Hab ich mir machen lassen.« An den Spitzen der Plastiknägel von Felix' Mutter glitzern Delfine aus Kristall.

»Wie toll ist das denn?«, schwärmt Darwins Mutter und streicht sich dabei ihr dottergelbes Haar zur Seite. »Ich lass mir das auch machen, aber in Diamanten. Und auf jeden Fingernagel einen Buchstaben von Darwin in Gold.«

»Aber D-A-R-W-I-N hat doch sechs Buchstaben«, gibt Felix' Mutter zu bedenken.

»Ach, egal. Ich habe ja auch sechs Finger.« Zum Beweis zählt Darwins Mutter die Finger ihrer rechten Hand rückwärts: »Zehn, neun, acht, sieben, sechs. Hahaha! Also sechs Finger.« Das finden beide sehr lustig. Felix' Mutter zählt jetzt die Finger ihrer linken Hand. »Stimmt! Sind wirklich sechs!« Nach diesem Erkenntnisgewinn reden sie hektisch und aufgedreht weiter, als wären sie als Babys in Red Bull gefallen so wie Obelix in den Zaubertrank.

Sarah drückt mir ein gerolltes Poster in die Hand wie eine Schatzkarte. »Für dich, Brüderchen. Damit du mich auf der Burg nicht vergisst.« Als ich es aufrolle, ist darin ein Foto von ihr mit Otto.

»Oh, ist das lieb. Ist das oberlieb und zuckersupersüß!«,

schwärmt Felix' Mutter. Sie fotografiert mich mit Sarahs Poster.

Meine Schwester gibt mir noch einen Kuss auf die Wange. Irgendwas stimmt nicht. Warum sind alle so freundlich zu mir? Gibt es noch die Schwerkraft? Fällt der Apfel noch nach unten? Bin ich noch ein Nerd?

Die Ladeluke vor mir öffnet sich. Der Busfahrer kriecht daraus hervor und wischt sich den Kaffeerand vom Mund. Er hat im Bauch vom Bus gefrühstückt. Auf dem Pulli tummeln sich verräterisch Croissantkrümel. Sie sind kaum von seinen Schuppen zu unterscheiden, die aus dem Haar rieseln, als er seine Kappe weglegt. »Okay. Gebt mir eure Koffer. Ich hab nicht ewig Zeit. Heute Nachmittag muss ich noch einen durchgeknallten Schützenverein nach Ballerburg bringen.«

»Jetzt gib ihm unsere Koffer. Go on!«, befiehlt mir Darwin.

Er hat sein Schweizer Taschenmesser geöffnet und pult sich mit dem Zahnstocher zwischen den Zähnen. Offensichtlich hat er eine von Ottos Lakritzschnecken gegessen. Jedenfalls steckt jetzt etwas schwarzes Klebriges auf seinem Zahnstocher.

Ich folge Darwin durch die hintere Tür, die drei Stufen hinauf in den Bus. Ritter Sport und Frau Blinker Wahllos stehen vorne und lassen ihre Blicke kontrollierend über die Sitze schweifen. Ritter hält seinen Energydrink Big Bizeps in der Hand. Er ruft durch den Bus: »Direkt setzen! Und Mund zu! Der Fahrer braucht Ruhe!« Schließlich zerquetscht er die leere

Dose Big Bizeps. Das ist eine stille Drohung. Frau Wahllos' Augen sind geweitet, denn sie staunt über die Größe seines Bizeps.

Als ich mich auf meinem Fensterplatz hocke, sehe ich Rick näher kommen. Er ist speckiger geworden, trägt einen weiten braunen Sweater mit Kapuze und einer Tasche für die Hände in Bauchhöhe. Und er ist der einzige, der mich gegen Darwin verteidigen kann. Nur bin ich hier oben im Bus, und er ist da draußen und reicht dem Fahrer seinen Rucksack.

Unsere Klassenschönheit Patrizia stöckelt heran. Jede freie Minute verbringt sie mit BibisBeautyPalace und träumt selbst von einer YouTuber-Karriere als BestBeautyQueen. Ihre Pumps haben die Höhe von Wolkenkratzern. Eine pinkfarbene Handtasche scheint ihr einziges Gepäck zu sein. Wo sind die Kleider? Wo ist das Schminkzeug? Die Antwort kommt in mein Sichtfeld: Patrizias Papa schleppt zwei gigantische Koffer und ihre Mutter ein Schminktäschchen. Der Busfahrer winkt ab. Zu riesig, zu viel. Dann nimmt der Fahrer einen Geldschein von Patrizias Vater und verstaut die Koffer im Bauch vom Bus.

Darwin sitzt neben mir. Er redet nach vorn über die Sitzlehne hinweg mit

Fettauge Felix. Ihr Thema: das neue Ej-Phone 101s. Darwin will es, und Felix hat etwas dazu gelesen: »Wenn du es ins Klo spülst, kommt es durch den Wasserhahn zu dir zurück. Total elastisch und es erkennt dich am Geruch. Deine Fingerabdrücke können Diebe fälschen, deine Augen können sie dir rausreißen und auf den Augenscanner legen, aber deinen Geruch kann dir keiner klauen. Der ist einzigartig. Jeder stinkt anders.«

Darwin ist beeindruckt: »Kann man auf dem neuen Ej-Phone auch *Kill the Jedi!* zocken?«

»Ja, aber kommt erst Weihnachten. Hast du schon gehört, dass Yoda aus der Star-Wars-Saga aussteigt? Der will nicht mehr?«

»Echt?«

»Ja, sie nennen ihn wohl immer *du Winzling*. Das mag er nicht.«

»Wirklich?!«, rutscht es mir raus. Ich Idiot! Natürlich stimmt das mit Yoda nicht. Die beiden haben mich veralbert und lachen mich aus.

Felix sagt: »Du nicht müssen alles glauben, was gesagt dir wird von Fettauge Felix. Hähähä.«

»Shut up!«, raunzt ihn plötzlich Darwin an. Denn Rick steigt ein. Sofort liegt Spannung in der Luft, wie beim Duell in der Sternengalaxie. Gut gegen Böse. Schwarz gegen weiß. Darwin gegen Rick. Keiner sagt etwas, nicht einmal ein Rülpser ist zu hören.

Ich will aufstehen und zu Rick gehen, doch Darwins Hand liegt tonnenschwer auf meinem Oberschenkel. »Be cool«, zischt er mir zu.

»Was macht Nerd bei dir?«, erkundigt sich Rick bei Darwin. Der Geruch von Zwiebelleberwurst weht zu mir herüber. Er stammt ganz sicher von Rick.

»Er ist unser Freund.« Darwin schaut mich an. »Oder zwingen wir dich hier zu sitzen?«

Ich glaube, es ist jetzt gut zu schweigen.

Rick schaut zu mir. »Stimmt das? Ist alles okay, Nerd?«

»Was sollte nicht okay sein?«, antwortet Darwin an meiner Stelle.

Ich sage: »Darwin hat mich heute in die Schule gebracht, damit mir auf dem Weg nichts passiert.«

»Richtig. Denn wir sind eine Familie. Er und ich und seine Schwester und seine Eltern. One, two, three, we are family.«

Rick schaut ungläubig. »Deine Entscheidung, Nerd. Ich dachte, du wolltest neben Nerdine sitzen.« Sofort merke ich, wie das Blut in meinen Kopf steigt.

Als Rick in den hinteren Teil des Busses verschwindet, schaut mich Darwin streng an: »So, jetzt wink deiner Schwester. Winki, winki.« Dabei hebt er meinen Arm.

»Aber sie kann mich doch durch die verspiegelten Scheiben von draußen gar nicht sehen.«

»Die Geste zählt, Nerd. Sie ist deine Schwester. Sie spürt dich! Familyfeeling, kapierst du?«

Ich winke also sinnlos vor mich hin.

Draußen rollt Hausmeister Bissig auf dem Bürgersteig auf und ab. Er trägt schwarze Lederhandschuhe und ein schwarzes Käppi mit einer goldenen Krone auf dem Schirm. Sofort fällt mir wieder mein Alptraum ein. Ich frage mich, ob es *Alptraum* oder *Albtraum* heißt, schlage in meinem fotografischen Gedächtnis nach und weiß sofort, dass es sowohl *Alp*- als auch *Albtraum* geschrieben werden kann.

Da kommt Nerdine! Sie ist in Eile, trägt einen Rock, der kleine Falten wirft. Und ein T-Shirt mit der Aufschrift: *Der Creeper wird immer beliebter!*

Darunter ist Steve zu sehen, der einen Creeper in die Arme schließt und ihn herzt. Das ist witzig, es gefällt mir! Jetzt erst erkenne ich ein kleines Pflaster an ihrem Kinn. Ob sie sich geschnitten hat? Nerdine steigt ebenfalls hinten ein. Gleich werde ich mit ihr in einem Bus sitzen. Ihre Haare sind heute etwa 0,5 Zentimeter kürzer. Ich merke mir alles, was mit Nerdine zu tun hat. Ich mag solche Veränderungen an ihr nicht. Aber ich liebe ihre Artikel, die sie für die Wissenschaftszeitung *News from the Nerd* schreibt.

Sie hockt sich nach hinten zu Rick, Patrick, Patrizia und den Nerdlingen auf die lange Bank. Ich schaue über die Sitzreihen zu ihnen. Rick und Nerdine reden miteinander. Sonst hat sich Rick doch nur für Patrizia interessiert. Sie gibt ihm einen Kaugummi. Vermutlich tut sie dies, weil sie den Zwiebelleberwurstgeruch nicht mag.

Er kaut und redet weiter.

Warum redet er die ganze Zeit mit Nerdine? Weil sie kürzere Haare hat? Mag er kurze Haare bei Mädchen? Aber warum hat er dann Patrizia vergöttert? Sie hat schließlich langes blondes Haar wie Peach persönlich. Rick und Nerdine reden. Warum stört mich das überhaupt? Ich analysiere: Mein Herz schlägt stärker und schneller. Mein Puls ist erhöht. Mir ist heiß. Und in meinem Magen kribbelt es plötzlich, als hätte ich Brausepulver verschluckt. Ich frage mich: Bin ich herzinfarktgefährdet? Oder habe ich eine seltene und bisher nicht erforschte Viruserkrankung? Oder bin ich verliebt? Ich entscheide mich für die letzte Lösung, da ich weder einem Herzinfarkt noch einem todbringenden Virus erliegen möchte.

Der Bus ruckelt an. Ich überlege, wie ich mich als Verliebter verhalten soll. Gibt es Regeln? Ich muss das googeln!

Darwin und Felix quatschen so laut, dass ich zu keinem klaren Gedanken mehr fähig bin. Wir fahren durch die City, durch die Eigenheimsiedlung, wo die Leute mit Gartenzaun vor der Tür und den Schulden leben, durch die Hochhaussiedlung, wo die Leute mit den schlechten Jobs leben – und sind bald schon raus aus der Stadt.

Die Welt fliegt an meinem Fenster vorbei und die Münder von Darwin und Felix stehen nicht still. Im Bus ist mir immer flau im Magen, als hätte ich ein Yoshi-Ei geschluckt aus dem gerade ein BabyYoshi schlüpft, das wieder ein Ei legt, aus dem noch ein Yoshi schlüpft. Ich streiche mir über den Bauch. Das ist jetzt keine Liebe mehr, das ist Übelkeit, obgleich die Symptome zum Verwechseln ähnlich sind. Wir biegen in eine Kurve und gelangen auf eine langgezogene Landstraße. Rechts und links Felder, noch mehr Felder und endlich entdecke ich das Schild:

»Gleich sind wir da!«, sagt Darwin ungenau. Denn wir werden in exakt 15 Minuten an der Burg sein. Der Bus wird die restliche Strecke vermutlich mit einem Schnitt von 56 Stundenkilometern zurücklegen und daher für 14 Kilometer 15 Minuten benötigen.

»Hast du gehört, Nerd? Wir sind gleich da.« Ich sehe in Darwins aufgeregtes Gesicht.

»Mir ist schlecht«, sage ich.

»Mir nicht«, sagt er und schon macht es Klick. Er hat ein Foto von mir geschossen. Wieso hat er ein Handy dabei? Frau Blinker Wahllos und Ritter Sport haben das doch verboten!

Verbote sind sinnvoll, da sie die Ordnung aufrechterhalten, und ohne Ordnung ist alles Chaos.

»Super, ne? Blass wie LeFloyd und Gollum zusammen.« Er zeigt mir das Foto, auf dem ich überrascht in die Kamera gucke. »Das schick ich! So zombie bist du. Das muss deine Schwester sehen.«

Ich traue mich nicht, ihm zu widersprechen.

Felix grölt: »Pizza, Red Bull, wenig Licht, fertig ist das Nerd-Gesicht!!!!«

Kurz darauf kommt eine WhatsApp von meiner Schwester zurück. Sie schickt eine Bombe, ein Herzchen und ein Foto von Otto. Der trägt einen Indiana-Jones-Hut, als würde er in der Wildnis auf Großwildjagd gehen. Darwin ist hin und weg von Sarahs wortlosem Stil. »Bombig, Nerd. Deine Schwester würde alles für mich tun und ich alles für sie, denn wir sind family. One, two, three, lieb die family!«

Er stupst mich in die Seite, was meine Übelkeit erhöht. Warum gibt es keine nerdgerechten Busse. In den Flugzeugen fallen bei Höhenverlust ja auch Atemmasken oben aus der Decke, so könnten hier Brechbeutel aus der Decken plumpsen, wenn einem Nerd schlecht wird.

Wieder stupst mich Darwin: »Look, da vorn!«

Jetzt sehe ich auch Burg Finsterwald. Sie liegt auf einem

Berg, umgeben von einem dichten Wald. Die Türme sind spitz wie Dornen. Jetzt verschluckt der Wald unseren Bus. The forest. Ich habe das Spiel früher gespielt. Es ist gruselig. Der Busfahrer macht das Licht an, denn die Tannen stehen hier so dicht wie sonst nur im Märchen. Die schmale Straße schlängelt sich steil hinauf.

»Denk gar nicht daran, dich zu übergeben. Reiß dich zusammen.« Ich höre Darwins Stimme wie von fern.

Felix sagt: »Weißt du, wie man einen Nerd aus seinem Zimmer vertreiben kann?«

»Wie?«

»Fenster auf und frische Luft rein, dann ist der Nerd raus.«

Darwin lacht und Felix kann nicht aufhören mit seinen Nerdwitzen.

»Fährt ein Nerd einen Bus. Als der Bus eine Panne hat, sagt der Nerd: Alle aussteigen und wieder einsteigen. Wir müssen den Bus neu starten!«

Unser Bus quietscht und keucht derweil um jede Kurve.

»Ich hab keinen Handyempfang mehr«, schreit Felix plötzlich. »Voll doof!«

»Ja, voll doof bist!«, zischt ihm Darwin über den Sitz zu.

»Wieso?«

Da kommt schon die Antwort auf zwei Beinen: Ritter Sport. Er hat Felix' lauten Verzweiflungsruf über den fehlenden Empfang gehört und verlangt: »Gib mir dein Handy, Felix!« Obwohl sich der Bus in der Kurve arg zur Seite neigt, steht unser Sportlehrer ungerührt im Gang. Mir ist mittlerweile sc übel, dass ich mich kaum noch auf die Außenwelt konzen-

trieren kann. Meine Därme sind wie eine Achterbahn voller Wackelpudding.

»Ich habe kein Handy«, lügt Felix.

»Das werden wir gleich sehen.« Ritter holt sein eigenes Handy aus dem dreigestreiften Jogginganzug und tippt.

Es klingelt bei Felix.

»Na, siehst du«, sagt Ritter. »Du hast also doch dein Handy dabei.«

»Woher haben Sie meine Nummer?«

Schon greift Ritter nach dem Handy, das Felix hinter dem Rücken versteckt hat. »Das kriegst du nach unserem Aufenthalt wieder.«

»Ich brauche es aber jetzt. Wenn ich verloren gehe, muss ich meine Mutter anrufen.«

»Wie willst du denn hier im Bus verloren gehen?«

»Schleudersitz!«, sagt Felix und lacht über Ritter Sport. Doch nicht lange, denn der kontert mit: »Falls du mich noch einmal belügst, wird es dir so ergehen.« Dabei zieht er eine Big-Bizeps-Dose aus seiner Jackentasche, und drückt sie mit der Rechten so stark zusammen, dass sich oben der Verschluss öffnet.

»Das ist cool«, sagt Darwin beeindruckt.

Ritter Sport trinkt die Dose in einem Zug leer und geht zurück zum Fahrer.

Um uns herum wird es wieder hell. Wir haben den Gipfel und damit auch Burg Finsterwald erreicht. Die Burg ist unheimlich. Der Bus rangiert hin und her, mein Magen rangiert ebenfalls hin und her.

»Lass mich durch«, sage ich ruppig zu Darwin.

Der lässt mich erstaunt passieren.

Ich bin der erste unten an der Treppe. Die Tür schwingt mit einem Zischen zur Seite und ich bin draußen, stütze meine Hände auf die Knie, atme ruhig ein und aus. Egal wie finster diese Burg auch sein mag, auf deren Mauern ich nun blicke,

für mich sieht die Welt wieder ein bisschen rosiger aus, denn mein Magen beruhigt sich langsam. Die Vögel zwitschern. Sie klingen wie R2D2.

Darwin drängelt sich an mir vorbei und sagt: »He, Nerd. Du holst jetzt unser Gepäck und bleibst immer dicht bei mir. Ich will meinen Koffer im Auge behalten.«

So folge ich Darwin mit seinem und meinem Koffer durch das Burgtor.

Hier also lebt die Familie Finsterwald.

Ein Ring mit der Kraft der Götter

Ich habe kein Pad, kein Handy und keinen Laptop dabei. Stattdessen habe ich Darwin, Fettauge Felix und Knipser auf dem Zimmer und eine furchtbare Nacht hinter mir. Denn ich schlafe direkt über Darwin. Zuerst hatte ich geglaubt, dass es gut ist, oben zu schlafen. Aber warme Luft steigt gnadenlos nach oben. Und Darwin hat in der Nacht viel warme Luft produziert, die aus seinem Po und jeder Pore kam. Fettauge Felix zockte derweil auf Darwins Handy den Brotscheiben-Simulator *I am Bread*. Die Nacht über hat er das Brot angeschrien: »Bleib nicht an der Marmelade kleben! Du blödes Brot! Los Butter, komm raus aus die Dose!«

Bis zum Toaster hat Felix es mit seiner Brotscheibe heute Nacht übrigens nicht geschafft. Stattdessen blieb er zuerst an der Decke kleben, was er mit »Mist-Decke!« kommentierte. Später pappte seine Brotscheibe am Ventilator, den er mit »Scheiß-Ventilator!« anbrüllte. Er nutzt offensichtlich sehr gerne Fäkalworte. Diese dienen ihm mit an Sicherheit grenzender Wahrscheinlichkeit dazu, durch Beschimpfung scheinbar Kontrolle über Decken und Ventilatoren zu haben. Manchmal üben sich Jungen wie Felix bereits in der Kita im Gebrauch von Fäkalworten, indem sie andere Kinder in der Gruppe schon bei Kleinigkeiten als »Kackawurst!« oder »Pipipopo!« bezeichnen.

Überhaupt war der gestrige Tag kein guter Tag: Kaum hatten wir das Burgtor passiert, gab es zum Mittag Pommes, Würstchen und Möhrensalat. Und ich musste den Möhren-

salat von Darwin und Felix essen. Ich wäre vor lauter Salat fast wie ein Kaninchen aus der Kantine gehoppelt.

Danach musste jeder sagen, mit wem er in einem Zimmer schlafen will. Darwin meinte, dass ich gerne mit ihm auf dem Zimmer liegen möchte. Dann zwang er mich, Sarahs Foto aufzuhängen. Nun muss ich vor dem Einschlafen und nach dem Aufwachen meine Schwester und Otto anstarren.

Zum Ausklang des Tages gestern gab es von Burgherr Joseph von Finsterwald höchstpersönlich endlich noch eine Führung. Ich liebe Führungen, da es dabei stets die Möglichkeit gibt, Fragen zu stellen und innerhalb kurzer Zeit sehr viel zu lernen. Wir haben uns das Museum mit den Ritterrüstungen angeschaut, das Museum mit den Schusswaffen, das Museum mit den Wappen, das Museum mit dem Porzellan, das Museum mit den Schuhen der Burgfräuleins, das Museum mit den Socken der Diener der Burgfräuleins und schließlich die Schatzkammer. Dort lagern so legendäre Schätze wie Thors Hammer, Igors Schraubenzieher, Hammeds goldener Goldhamster und Boris' Bohrmaschine. Popel Patrick baute die Bohrmaschine sofort aus Popeln nach und steuerte sie übers Handy, woraufhin ihm Ritter Sport das Handy wegnahm. Dabei fiel mir auf, dass offenbar jeder außer mir sein Handy dabei hat.

Den wertvollsten aller Schätze konnte uns Finsterwald nicht zeigen: »Es handelt sich um einen goldenen Ring, der die Kraft der Götter in sich trägt. Geschmiedet wurde er vor langer Zeit von den bayrischen Volksstämmen der umliegenden Berge. Nur alle tausend Jahre wird solch ein Ring hervorgebracht. In seiner Innenseite findet sich das Wappen unserer Burg: drei gekreuzte Schwerter, aus deren Spitzen sich drei Flammen züngeln.«

»Wo ist der Ring jetzt?«, wollte Rick wissen.

Finsterwalds Stimme wurde tief und geheimnisvoll: »Als die irischen Truppen 1679 unter MacDonald, dem Lord of

Boyband, unsere Burg angegriffen haben, hat mein Vorfahr Rüdiger von und zum Finsterwald den Ring zur Sicherheit im Wald versteckt. Er soll ihn dort in einer Höhle verborgen haben.« Dabei zeigte der Burgherr auf ein Ölporträt seines Vorfahren. Der trug ein Ziegenbärtchen und genauso schulterlanges gelocktes schwarzes Haar wie der jetzige Burgherr von Finsterwald.

»Warum hat denn ihr Vorfahr den Ring nach der Schlacht nicht wieder geholt?«, erkundigte sich Rick.

»Das ist eine gute Frage«, sagte Finsterwald. »Leider wurde Rüdiger von und zum Finsterwald in der Schlacht getötet. So nahm er das Geheimnis mit in sein Grab. Schon viele

Schatzsucher haben nach dem Ring gesucht – leider vergebens!«

»Auf alle Fälle haben ihn nicht diese Iren von MacDonald«, bemerkte Kevin. Alle lachten – vermutlich über den Namen MacDonald oder weil er »Ire« wie »irre« aussprach. Finsterwald fand die Bemerkung ebenfalls lustig und sagte: »Genauso ist es.

Bis heute glauben einige Bewohner der Berge, dass mein Vorfahr gar nicht gestorben ist, sondern noch immer im Finsterwald herumspukt und den Ring bewacht.«

»Huhuhu. Wie schauerlich bist du?!«, ruft eine von Patrizias Freundinnen hinten aus der letzten Reihe. Alle lachen wieder. Und Darwin zischte Rick zu: »Dir würde der Ring ohnehin nicht passen. So fett wie deine Finger sind.«

»Lass mich«, entgegnete Rick.

»Lass ich nicht«, sagte Darwin. »Ägyptisch endlich!«

Doch Rick ließ sich nicht provozieren. Nerdine lächelte ihn an. Das störte mich. Und ich wusste nicht, warum ich mir wünschte, dass Rick sich in Luft auflösen sollte, obwohl dies natürlich physikalisch unmöglich ist.

Eine halbe Stunde später lag ich im Hochbett und starrte Sarahs Plakat an. Zu meiner Überraschung machte weder Felix noch Knipser Blödsinn, denn Darwin war müde, sagte »Klappe« und schnarchte sofort ein.

Wie der Rest der Nacht verlief, wisst ihr ja schon.

Team Hoffnung bereit zur Schnitzeljagd

Jetzt also beginnt Tag zwei in der Hölle.

Ich erwarte nicht viel davon. Hauptsache, wir fahren mit keinem Bus und mir wird nicht wieder schlecht. Wir sitzen beim Frühstück. Ich bin müde wie ein Wabbeljabbaweichweißbrot. Mir gegenüber hocken wieder Felix, zu meiner Linken Darwin und daneben Riese Moritz. Alles genauso wie gestern beim Abendbrot. Nur dass keiner mehr die Nerdbrille auf der Nase trägt, sondern alle sie hochgeschoben haben.

Es gibt runde Brötchen im Körbchen. Die runde Form hat Vorteile gegenüber der länglichen, da die Oberfläche eines runden Brötchens bei gleichem Brötchengewicht geringer ist und somit die Brötchen nicht so schnell austrocknen – und folglich haltbarer sind. Ein Schälchen mit Butter steht in der Tischmitte, daneben Salz, Pfeffer und für jeden ein Ei im Eier-

becher. Gerade, als ich es mit dem Löffel anschlagen möchte, stoppt mich Darwin und schiebt die Brille wieder auf die Nase. Er schaut mich streng an.

»Holla, holla, nicht so gierig, mein lieber Nerdi-Nerd. Wir haben für dich extra ein Spezial-Ei besorgt. Du wirst wie Bauer Gurke staunen. Let's go!« Woraufhin er mein Ei aus dem Becher nimmt und es über meiner Tasse aufschlägt. Es ist kein normales Dreiminutenei, kein Zweiminutenei, kein Einminutenei, nicht einmal ein Yoshi-Ei, sondern ein richtig rohes Ei. Durchsichtiges Eiweiß und orangefarbener Dotter. Eeeeekeliiiig ist das!

Darwin befiehlt: »Trink! Ist gut! Ist noch warm wie aus der Henne!«

Ich will nicht.

»Schon okay«, sagt Felix kurz entschlossen. Er nimmt meine Tasse, streut Salz hinein, trinkt mein Ei, putzt sich mit der Serviette den Glibber vom Mund und rülpst ein: »Total lecker!«

»Jetzt du! Damit du groß und stark wirst!«, rät mir Darwin nachdrücklich.

Felix schiebt mir mit einem Lächeln seine Tasse und sein Ei rüber.

»Ist das auch roh?«, frage ich.

Felix sagt: »Nein, da ist schon ein Küken drin. Hörst du es piepsen? Piep! Piep! Piep! Wir haben unsern Nerdi lieb! Höhöhö!«

Riese, Roswitha Knickbein und Darwin lachen. Wobei letzterer mir noch eine Kopfnuss gibt: »Blamier mich nicht, Schwager.« Er schlägt mir Felix' rohes Ei in die Tasse. Das Ei tut mir leid, ich tu mir leid und … »Trink endlich!«, blafft er mich an. »Sonst bist du keiner von uns. Jeder hier hat schon mal ein rohes Ei getrunken. Stimmt's?«

Alle stimmen zu.

»Ich habe eine Eierallergie«, lüge ich.

»Quatsch. Das wüsste ich. Deine Schwester hat mir extra einen Beipackzettel für dich mitgegeben.« Er rollt ein papyruslanges Papier aus. »Auf dem Zettel steht nicht, dass du keine rohen Eier trinken darfst, sondern nur, dass du keine Haselnüsse verträgst.«

Ja, ich bin Haselnussallergiker! Wenn ich auch nur eine einzige Haselnuss esse, schwillt mein Rachen an wie einem Kampffisch die Rückenflosse. Ich bekomme keine Luft mehr und am Ende winde ich mich elendig auf dem Boden. Einzig eine Kortison-

spritze kann mich dann noch vor einem jämmerlichen Erstickungstod retten.

»Und was, wenn er doch eine Allergie auf Eier hat?«, wirft Felix ein.

Darwin lässt sich nicht erweichen. »Go on, Nerd«, sagt er. »Tu es für deine Schwester. Biep, biep, biep, sie hat dich furchtbar lieb.«

Ich schließe die Augen, stelle mir vor, dass dieses Ei gar kein rohes Ei ist, sondern von einem digitalen Huhn aus *Hay Day* oder *Big Farm* – also ohne Geschmack und Nebenwirkungen ist. Und schlucke es in einem Zug. Das Ei flutscht meine Kehle runter wie auf der schwarzen Rutsche im Spaßbad. Und ob ihr es glaubt oder nicht: Es ist überhaupt nicht ekelig! Ich habe ein rohes Ei getrunken und muss mich nicht übergeben! Ich, euer Nerd! Ein Held! Ein Roh-Ei-Schlucker!

Darwin beglückwünscht mich mit einem Klopfer auf die Schulter. »Cool. Endlich muss ich mich nicht mehr für dich schämen.« Er hat Tränen der Rührung in den Augen. »Das hast du nur für mich getan. Stimmt's? Ich weiß es. Du bist mein Freund, mein künftiger Schwager, mein Verwandter.«

Ob er mich wirklich mag? Habe ich mich in ihm getäuscht? Ihm unrecht getan? Fragen über Fragen. Ich sitze in einer Kantine inmitten der Obermobber und werde von deren Chef geherzt und anerkannt. Bin ich überhaupt noch ein Nerd? Ich fasse mir an die Nase. Ja, darauf liegt noch die Brille. Ich bin der einzige, der eine Brille trägt und sie auch wirklich braucht.

»Wenn ich um Ruhe bitten darf!«, hören wir Ritter Sport. Er steht in seinem dreistreifigen Trainingsanzug mit Frau Blinker Wahllos (sie trägt übrigens einen zweistreifigen Trainingsanzug und Wanderschuhe von Wanderslust) am Eingang zur Kantine und hält einen Karton in Händen. »Hier drin sind eure GPS-Geocaching-Geräte!« Er holt eines hervor. Es ist rot und sieht aus wie ein Handy.

»Die sind der Knaller! Ich kenn diese GPS-Dinger!«, sagt Felix und schaut verschwörerisch Darwin an. Ich verstehe gar nichts! In meinem Kopf sind nur Fragezeichen. Darwin klärt mich auf. »Pass auf, Nerd. Felix Mutter wusste schon seit vier Tagen, was Ritter Sport und Frau Wahllos vorhaben, denn die beiden haben die GPS-Geräte im Laden von Felix' Eltern gekauft. Damit machen wir eine ganz spezielle …«

»… GPS-Schatzsuche«, verkündet Ritter laut. »Manche von euch kennen solche Suchen unter dem Begriff *Geocaching*. Ihr müsst die richtigen Koordinaten in das Gerät eingeben, dann führt es euch wie ein Navi zum Lagerplatz, wo wir die Nacht im Wald verbringen und uns dann zum Schatz …«

Brömbrömbröm!

Ein Knattern unterbricht Ritters Rede. Denn Nintendomus

brettert über den Burghof. Und schon kommt der König aller Nintendo-Gamer und Konsoleure, Beherrscher der Super-Marios, Luigis, Pikachus, Robots, Fighters und Kirbys auf seinem Kart den Flur entlang. Er ist offensichtlich die Treppe hinauf durch den Haupteingang gefahren.

»Das nenn ich cool!«, ruft Darwin aus. »Jau, jau, jau, was für eine Show!«

»Mach sofort den Kart aus!«, schreit Ritter Nintendomus an. »Bist du jetzt völlig durchgeknallt!?« Ritter Sport geht wie Captain America durch die Benzinwolke auf Nintendomus zu.

Der steigt breitbeinig aus und stützt sich wie ein Klempner auf seinen Pömpel. Die Abgase stinken wie verrückt. Nintendomus zieht höflich seine rote Kappe, verbeugt sich und erklärt: »Ich habe den Bus verpasst und wollte nicht auch noch die Schnitzeljagd versäumen. Deshalb bin ich direkt gekommen.«

»Woher weißt du von unserem GPS-Geocaching?«

»Hab ich geraten.«

»Sei es, wie es sei«, sagt Ritter. »Setz dich zu deinen Klassenkameraden.«

Wie an einer Schnur gezogen kommt Nintendomus direkt auf uns zu und schlägt bei Darwin ein: »Na!« Auch ich bekomme ein »Hi« von Nintendomus, der auf Popel Patricks Stuhl schielt. Patrick sitzt nämlich am Nachbartisch – Rücken an

Rücken mit Darwin. Dort würde Nintendomus auch gerne sitzen, aber Patrick hebt seine Popelfinger zur Abwehr und knetet blitzschnell eine Piranha-Pflanze. Davor hat selbst Nintendomus Respekt und schubst Patricks Tischnachbarn Calvin vom Stuhl. Calvin gehörte übrigens für eine Weile mit zu Darwins Leuten, aber dann hat er Darwin kritisiert. Seither ist er wieder Opfer und muss wieder Tabletten gegen Schulangst und Nervosität schlucken!

Frau Blinker Wahllos hebt an: »So. Die Regeln hat euch Herr Ritter jetzt erläutert. Ihr erhaltet noch einen Überlebensrucksack mit Zelt und allem, was ihr für eine solche Tour benötigt.«

Ein Raunen geht durch die Klasse. So ein Rucksack muss teuer sein. Frau Wahllos bemerkt die Unruhe und erklärt sogleich: »Ihr wisst, dass wir in der Klasse Mobbingprobleme haben. Das soll sich ändern! Wir werden daher die kommenden beiden Tage auf Burg Finsterwald nutzen, um unseren Teamgeist zu stärken. Herr Ritter Sport und ich haben Zweierteams gebildet. Sie bestehen aus Jungen und Mädchen, die im Schulalltag nicht so gut miteinander klar kommen. Doch das Abenteuer, das vor euch liegt, wird euch zusammenschweißen und zu Verbündeten

machen. Jedes Team bekommt gleich einen Namen von uns. Nur das Team, das am besten zusammenarbeitet, kann gewinnen.«

»Super Idee, ne?« Darwin schaut mich siegessicher an. »Wir werden ein Superteam, Nerd. Ich Kraft, du Köpfchen. Und wenn du nicht dein Köpfchen einsetzt, kriegst du meine Kraft zu spüren! Dann minimier ich dein Fenster.« Dabei hebt er seine Faust.

Ich zucke zusammen.

»Ey, Nerd. Keep cool. Ich schlag doch nicht meinen Teamkollegen.«

Wie kommt er darauf, dass wir in einem Team sein werden?

Die erste Paarung, die Frau Wahllos nach vorne ruft, lautet: »Patrizia und Patrick. Sie bilden das *Team Freude*.«

»Die Schöne und der Popler«, kommentiert Felix.

Popel Patrick formt sogleich für Patrizia eine Rose aus Popeln, die Patrizia jedoch verschmäht. Ritter Sport überreicht dem Team das GPS-Gerät und einen Umschlag: »Darin ist euer Rätsel. Es beschreibt exakt die Stelle, wo ihr den Behälter findet, in den wir die Koordinaten für euer GPS-Gerät gesteckt haben. Diese könnt ihr dann ins GPS eingeben und den Lagerplatz suchen von dem aus es nicht mehr weit bis zum Schatz ist. Viel Erfolg!«

Patrick fragt seine Partnerin Patrizia, ob er den Umschlag aufreißen soll.

Die sagt: »Ich fass den jedenfalls nicht mehr an.«

Frau Wahllos liest das nächste Team vor: Fettauge Felix und einer der Nerdlinge müssen vortreten. Wieder gibt es ein GPS-Gerät plus Umschlag.

So geht es Pärchen für Pärchen weiter: Kevin und Clara, Felix und Mara sowie Rick und Nerdine. Sie bilden das *Team Glücksklee*.

Darwin meint zu mir: »Warum sind die beiden denn in einem Team? Die verstehen sich doch prima.«

»Findest du?«, gebe ich zurück.

»Bist wohl eifersüchtig, Nerd?«

Bin ich eifersüchtig?

Welche Empfindungen und körperlichen Reaktionen müsste ich zeigen, damit ich mit Sicherheit sagen kann, ob ich eifersüchtig bin oder nicht? Ehe ich mich näher mit dem Thema befassen kann, ruft Frau Blinker Wahllos meinen und Darwins Namen aus. Schließlich sind wir auch die beiden letzten, die noch auf ihren Plätzen sitzen. Alle anderen stehen schon vorne. Wir heißen ab jetzt *Team Hoffnung*. Nerdine

kommt in mein Blickfeld. Sie unterhält sich mit Rick. Ihre Haare glänzen schwarz in der Sonne.

Darwin rammt mir den Ellbogen in die Seite. »He, Nerd! Träumst du?! Mach den Umschlag auf! Die anderen lesen schon das Rätsel.«

Das tun wir jetzt auch:

Sieh dir die Zahlen an,
7-18-1-2-5 – 1-14 –
– 4-5-18 – 2-9-18-11-5

und denk nach,
was es bedeuten kann.
Es ist kein Wald
und doch ein Baum,
weiß und schwarz
wie in einem Traum.

»Das Rätsel ist schwer«, meint Darwin. »Zerbrich du dir darüber den Kopf, Nerd.«

Frau Blinker Wahllos, die direkt neben uns steht, sagt freundlich zu ihm: »Aber ihr solltet es zusammen lösen. Ihr seid ein Team.«

»Genau. Nerd fehlt es an körperlicher Intelligenz, daher kann er jetzt seine geistige unter Beweis stellen«, erklärt Darwin frech.

Frau Blinker Wahllos ist sprachlos, und Darwin sagt zu mir: »Melde dich, wenn du fertig bist.« Er wendet sich ab und geht rüber zu Nintendomus' Kart.

»Na, wenn das so ist«, sagt meine Lehrerin. »Ich muss auch weg. Du siehst ja. Alle ziehen sich nun zurück um das Rätsel zu lösen. Ihr regelt das schon.«

»Los, Nerd! Buddele *ad betula*!«

Jetzt stehe ich also alleine hier an der Glastür zur Kantine und fühle mich einsam. Sogar Nerdine hat mich nicht beachtet, sondern ist mit Rick weggegangen. Was würde mein Vater sagen, wenn er an meiner Stelle wäre? Ich sage es euch. Er würde sagen: Wie schön! Wenn du alleine bist, lenkt dich wenigstens keiner von deiner Arbeit ab!

Ich schaue über die Tische hinweg, sehe die Kantinenfrau, wie sie mit ihrem Wägelchen die Tabletts einsammelt. Es ist eine gute Herberge. Niemand muss hier für sich selbst sorgen. Ich war schon einmal in der Grundschule in einer Jugendherberge. Da mussten wir Tischdienst machen, Essen abholen, Tische säubern, zwei mussten sogar das Geschirr mit einräumen. Ich bin mehrmals mit Geschirrspülmitteln und Essensabfällen anderer Kinder in Berührung gekommen. Das ist sicherlich nicht gesund. Hier ist alles wie im Hotel. Patrizias Eltern hatten darauf bestanden, dass wir endlich einmal ausspannen können. Die Abräumfrau blickt zu mir rüber. Sie trägt keine Gummihandschuhe. Ich schaue verlegen auf die Zahlenreihe in meiner Hand:

7-18-1-2-5 – 1-14 – 4-5-18 – 2-9-18-11-5

Warum haben Ritter Sport und Frau Blinker Wahllos ausgerechnet diese Zahlen notiert? Das ist keine Telefonnummer. Dafür ist sie zu lang. Koordinaten können es auch nicht sein. Es muss etwas mit den Zahlen an sich zu tun haben, mit jeder einzelnen Zahl. Zuerst steht da eine Sieben. Was ist eine Zahl? Ein Wert. Sieben kann für sieben Äpfel oder sieben Birnen, sieben Häuser, sieben Schafe oder sieben Schafschützen stehen.

Ich lächele über meinen eigenen kleinen Witz. Für den siebten Monat im Jahr kann die Sieben stehen, den siebten Tag im Kalender oder den siebten Buchstaben im Alphabet. Welcher Buchstabe kommt als siebter? Das G. Die zweite Zahl ist eine Achtzehn. Und der achtzehnte ist ein R. Ich schreibe nun hinter jede Zahl der Zahlenreihe einen Buchstaben:

7(G)-18(R)-1(A)-2(B)-5(E) – 1(A)-14(N) – 4(D)-5(E)-18(R) – 2(B)-9(I)-18(R)-11(K)-5(E)

Und es ergibt sich am Ende der Satz:

GRABE AN DER BIRKE

Das passt zusammen mit dem gesamten Reim:

Sieh dir die Zahlen an,
denk nach,
was es bedeuten kann.
GRABE AN DER BIRKE
Es ist kein Wald
und doch ein Baum,
weiß und schwarz
wie in einem Traum.

Ich habe das Rätsel gelöst.

Ehe ich aber nun aufbreche, gehe ich erst einmal in mein Zimmer, klebe mir Blasenpflaster auf die Fersen, ziehe Wanderschuhe an, eine feste Jacke, reibe meine verletzliche Nasenspitzenhaut mit dem Sonnenschutzfaktor 100 ein und stecke ein Paket Pflaster, Sekundenkleber und eine Zeckenzange in meine Jackentasche. Letzteres Werkzeug ist besonders wichtig, denn es ist Zeckenzeit!

Unten im Burghof sitzt Nerdine mit Rick in einer Nische der Burgmauer. Sie hält eine mächtige Schaufel in Händen. Sie weiß also auch schon, dass wir graben müssen.

»Hallo Nerdine!«, sage ich. In meinem Bauch kribbelt es sofort, als hätte ich eine Tonne Brausepulver verschluckt. »Weißt du, wo Darwin ist?«

»Nerdine und ich werden gewinnen. Wir sind das *Team Glücksklee*«, mischt sich Rick ein. Dabei rückt er in seiner dreiviertellangen Schlabberhose mit den zig Taschen ein Stück näher zu ihr. Warum tut er das? Ich sehe keine Hautrötung bei ihm und auch keine Pupillenerweiterung. Verliebt scheint er also nicht zu sein.

Darwin knattert durchs Burgtor.

Kleines Zeckeneinmaleins

Zecken sind mikrokleine Minimilben: sozusagen Minivampire! Sie lauern auf dich im Laub, in Wiesen oder an Sträuchern. Wenn du mit ihnen in Kontakt kommst, hacken sie ihre Hauer in deine Haut. Sie saugen dein Blut, bis sie rund wie ein Ball mit Beinen sind. Eine satte Zecke ist bis zu 200-mal so fett wie eine hungrige Zecke. Sie fallen nach dem Essen wieder von dir ab. Zehn Jahre können Zecken von einer einzigen Mahlzeit leben. Das sei ihnen gegönnt.

Leider übertragen diese Minivampire mit ihrem Speichel fiese Krankheiten. Daher raten Ärzte, dass man sich impfen lassen soll. Und nicht mit nackten Füßen, nackten Beinen oder freiem Oberkörper durchs Dickicht kriechen sollte. Nerd-Tipp: Trage helle Kleidung, damit die Zecke besser darauf zu sehen ist! Und guck deine Haut nach dem Duschen genau an, ob du einen Sauger findest.

»He, Nerd. Was ist mit dem Rätsel? Gelöst? Wohin soll es gehen?«

Ehe ich etwas sagen kann, ruft Nerdine schon: »Ad betula!«

Darwin versteht nichts und Rick guckt wie ein Schlauchboot. Nur ich weiß, was der lateinische Satz *Ad betula!* heißt: *Zur Birke!* Nerdine kennt also auch die Lösung. Sie hat in den vergangenen Sommerferien mit mir online Latein gelernt. Das ist eine Art römische Geheimsprache. Die spricht keiner mehr, nur noch Nerds wie ich, Lateinlehrer, Ärzte, Asterixheftleser und Liebhaber toter Sprachen.

»Wo sollen wir hin?«, fragt Darwin.

»Zur Birke vor der Burg«, sage ich.

»Können wir mit euch auf dem Kart fahren?«, fragt Rick.

»Kannst du vergessen«, blafft Darwin ihn an. »Jeder hat seine eigene Braut. Komm Nerd, spring auf!«

Bin ich seine Braut? Das ist mir unlieb.

Ich klettere trotzdem hinter ihm auf die Sitzbank. Es ist kein gutes Gefühl. Schließlich habe ich keinen Helm auf. Wer schon mal Super Mario Kart gespielt hat, der weiß, wie schnell diese Maschinen sind und wie verletzlich ein Schädel ist.

Ich sage zu Darwin: »Wir brauchen noch eine Schaufel.«

Das Knattern des Karts ist so laut, dass er mich nicht verstehen kann. Ich lehne mich vor und schreie ihm ins Ohr:

»Wir brauchen eine Schaufel! Wir müssen an der Birke graben!«

Das hätte ich besser nicht gesagt, denn Darwin dreht den Gashahn noch weiter auf, rast auf die völlig verdutzte Nerdine zu, bremst kurz vor ihr, entreißt ihr blitzschnell die Schaufel und schon wendet er.

Rick schreit: »Das wirst du noch bereuen!«

Am Burgtor liegen nicht nur die Rucksäcke für jedes Team, sondern es warten dort auch Nintendomus und Gregor Honk auf uns. Sie sind das *Team Silver Zocker*. Sonst streiten sie sich ständig darüber, ob Minecraft besser als Super Mario ist und Pilze sammeln mehr wert als Holz hacken. Aber jetzt sind sie in einem Team.

»Ab zur Birke. Kommt«, ruft Darwin ihnen zu.

Dort angekommen befiehlt er mir: »Buddel!«

Ich bin ein Nerd und muss jetzt graben. Die Erde ist jedoch hart wie Beton. Dem Himmel sei Dank war Darwin so laut, dass auch der letzte taube Eskimo gehört hat, das wir hier graben müssen. Alle buddeln jetzt an, um und unter der Birke – bis diese mit einem riesigen Krach zur Seite und quer über die Straße fällt.

Aber eine Box mit den Koordinaten ist nicht zu sehen, weder in der Erde noch zwischen den Wurzeln. Darwin hält einen durchsichtigen Beutel mit Euromünzen hoch und sagt: »Wer die Box findet, der kriegt das!«

Nintendomus ist hellauf begeistert und stürzt sich mit dem SuperMario-Schlachtruf »Alle Coins für mich!« ins Gewühl, während sich Patrizia die Zehennägel lackiert und Patrick nach dem Behälter suchen lässt.

Ich glaube nicht, dass sich hier etwas finden lässt. So tief hat Ritter Sport die Box bestimmt nicht vergraben! Aus dem Augenwinkel sehe ich Nerdine. Sie geht zu einem Modell der Burg, das gleich neben dem Burgtor steht. Darauf ist die Burg maßstabgetreu nachgebildet mit ihrer nahen Umgebung und der Birke.

Vorsichtig entferne ich mich von den anderen und gehe zu ihr.

»Hallo, Nerdine.«

Sie verrät mir lächelnd: »Ich vermute, die Box ist irgendwo hier.«

Gemeinsam graben wir mit bloßen Händen direkt vor dem Modell – sie und ich! Wie gerne wäre ich mit ihr in einem Team. Tatsächlich stoßen wir bald auf den knallroten Geheimnisbehälter, der eigentlich eine Butterdose ist. Doch ehe wir diesen ersten Hinweis bergen können, stürmen die anderen schon auf uns zu. Ich werde zur Seite geschubst, knalle gegen das Modell und …

Gurte sind nur was für Weicheier

»Na prima! Worauf wartest du noch!«, schreit mich Darwin an, als ich wieder zu mir komme. Er schaut mich scharf an. »Gib endlich die Koordinaten ein! Team Glücksklee mit Rick und Nerdine ist schon unterwegs!« Darwin wuchtet mir den Überlebensrucksack auf den Rücken. Ich mag Rucksäcke. Sie sind wie Laptops für Bergsteiger.

Ich frage: »Wo ist der Brustgurt?«

»Wie Brustgurt?«

»Ein Rucksack wie dieser benötigt stets einen Brustgurt. Durch diesen werden die beiden Schultergurte in die optimale Position geschoben.«

Darwin kratzt sich am Kopf. Er scheint keine Ahnung von Rucksäcken zu haben.

Ich erkläre: »Der Brustgurt selbst darf nicht zu straff sitzen. Ebenso benötigt ein Rucksack einen Hüftgurt. Mit diesem setzt man ihn fest auf die Hüfte, damit das Kreuz nicht zu sehr durch das Gewicht belastet wird.«

»Halt die Klappe, Nerd! Mir wird sonst schwindelig. Gurte sind nur was für Weicheier. Wir sind Letzter! Jetzt tipp endlich die Daten ins GPS-Gerät, bevor ich endgültig die Geduld verliere!«

Also gebe ich Längen- und Breitengrade ein.

»Da lang!«, ruft Darwin.

»Wieso? Das Gerät zeigt doch hinter die Burg und der kürzeste Weg hinter die Burg ist durch die Burg. Alle sind deshalb in die Burg ge…«

»… gangen«, ergänzt Darwin. »Die Idioten sind zu Fuß unterwegs.«

Aber wir rasen jetzt knatternd mit dem Kart über einen asphaltierten Weg um die Burg herum. Und sind vor allen anderen auf der anderen Seite. Wir biegen auf den holprigen Waldweg, der steil nach unten führt. Der Kart ist blitzschnell. Und der Rucksack ist steinschwer. Er wippt auf und ab auf meinem Rücken.

»He, ihr Loser!«, schreit Darwin über meinen Kopf hinweg den anderen zu, die aus der Burg stürmen. Sie riechen nur noch unsere Abgaswolke.

In wilder Fahrt geht es einen Waldweg hinunter über Stock und Stein. Ich halte mich rechts und links neben den Rädern an den Eisenstangen fest. Alles vibriert. Überall fliegen Zweige auf und es ist staubig. Ganz sicher ist ein solcher Kart nicht für eine solche Strecke gebaut. Darwin dreht sich um und ruft mir zu: »Diese Loooooooser kriegen uns nie wieder ein! Never ever!«

Er ist wahnsinnig. Ich habe Angst, Schweiß läuft mir in die

Augen. Ich darf ihn nicht wegwischen, muss mich festhalten, sonst falle ich nach hinten. Der Motor dröhnt. Darwins Haar weht im Wind. Niemand ist mehr in der Nähe, der mich vor diesem Irrsinnigen retten könnte. Höllenreiter sind wir.

Als sich Darwin nun noch einmal zu mir umschaut und »Coooooooool!« ruft, übersieht er einen Stein auf dem Weg. Wir knallen in voller Fahrt dagegen, fliegen durch die Luft und landen unsanft.

Als ich wieder zu mir komme, ist es ruhig um mich herum.

Ich liege wie ein Käfer auf dem Rücken. Der Kart ist aus. Hätte ich nicht den Rucksack, so hätte ich mir beim Aufprall sicherlich das Rückgrat gebrochen. Darwin hockt vor mir. Er tastet den Waldboden ab.

»Was suchst du da?«

Er zeigt mir seine Zähne. Das weiße Provisorium fehlt. »Ein

verdammter Mist ist das! Dieser Zahn. Wo ist er? Mama hat total viel Geld dafür bezahlt! Die machen mich fertig. Die jammert ohnehin immer darüber, dass wir zu wenig Geld haben, weil Papa nicht zahlt.« Er klingt verzweifelt. Mein Schädel brummt noch vom Sturz.

»Liegt er nicht da drüben?« Ich zeige auf etwas Weißes, das zwischen den Blättern hervorblitzt.

»Super, Nerd! Du bist doch zu was zu gebrauchen. Good old boy. Hast trotz deiner Glubschbrille Augen wie ein Adler.«

Ich habe nicht trotz, sondern wegen meiner Brille solche Adleraugen, aber das sage ich jetzt nicht.

Er reibt den künstlichen Zahn an seiner Jacke sauber. »Hast du Kleber?«

»Sekundenkleber«, sage ich.

»Super.«

»Der Kleber ist hochgiftig«, warne ich ihn noch, als ich die Tube schon aus meiner Jacke ziehe.

»Ich will ihn nicht trinken, sondern nur ein bisschen auf meinen Zahn tun, um ihn anzukleben.« So drückt er sich den künstlichen Schneidezahn oben neben seinen echten Schneidezahn in den Kiefer.

»Guck mal. Sitzt der richtig?«

»Das ist giftig.«

»Quatsch nicht.« Er nimmt das GPS-Gerät. »Hier lang. Die anderen brauchen eine Weile, bis sie unseren Vorsprung wieder wettgemacht haben.«

»Und der Kart?«, frage ich.

»Der Vater von Nintendomus ist Italiener«, entgegnet mir Darwin. »Ich sag dir, Nerd, diese Italiener sind heißblütig. Der ist garantiert sofort sauer. Deshalb musst du ihm sagen, dass du den Kart kaputt gemacht hast.«

»Ich?«

»Ja klar, künftiger Schwager. So kannst du schon mal Pluspunkte bei mir sammeln. Nur so erreichst du den Highscore.«

Will er meine Schwester wirklich heiraten?

»Jetzt komm, Nerd. Wir dürfen keine Zeit verlieren.«

»Ich würde gerne noch nachsehen, wo wir sind und wie die Umgebung ist.« Als ich die Landkarte aus der Seitentasche des Rucksacks krame, nimmt er sie mir weg und knüllt sie zusammen. »So ein Blödsinn. Karte lesen. Ich hasse Lesen. Das bringt doch nichts! Davon kriegst du nur schlechte Augen.«

Darwin bricht auf. Ich folge ihm über den engen Pfad in den Wald hinein. Er trägt eine Jacke in grün-braunen Tarnfarben, eine kurze grüne Hose, die ihn ganz sicher nicht ausreichend vor Zecken schützt, und Joggingschuhe. Darin ist er schnell unterwegs.

Ich bin froh, dass ich mir rechts und links auf die Fersen ein Pflaster gegen Blasen geklebt habe. Nerdfüße sind nichts für lange Märsche mit Riesenrucksack, höchstens für Reisen auf Google Earth. Mit jedem Schritt lege ich genau 64 Zenti-

meter zurück. Ich rechne, wie viele Schritte ich brauche um … Am Wegesrand liegt eine Dose Big Bizeps zwischen den Farnen.

»Ritter Sport war hier«, sage ich.

»Siehst du. Wir sind richtig.«

Ich kann Darwin kaum folgen. Dabei redet und redet er. Wie schafft er das? Mobber haben eindeutig ein größeres Lungenvolumen als durchschnittliche Schüler. Ich kann nicht einmal klar denken, schließlich muss ich auf den Weg, auf meine Füße und auf mein Atmen achten.

»Schon mal GTA gespielt?«

Ich habe keine Luft für eine Antwort.

»It's perfect, ganz perfect. Schon mal ein LetsPlay von Dner gesehen? Ich liebe es, wenn der GTA zockt. Der ist Formel 1 im Quatschen.«

Ich kann bei Darwins Schritt nicht mehr mithalten, rutsche über einen bemoosten Stein, falle, er spricht weiter: »Dner ist toll. Richtig toll. Viel besser als Unge.« Dann verschwinden er und seine Stimme zwischen den Tannen. Ich rappele mich auf, denn ich muss hinter ihm her, obwohl meine Füße nicht mehr wollen. Ich renne. Wo ist er? Ich bin vom Weg abgekommen.

Das ist mein Ende!

»He, Nerd«, höre ich seine Stimme neben mir. »Bist ja ganz außer Atem. Wo warst du?«

»Ich, äh …«

Er legt seinen Finger auf die Lippen. »Psst. Sei ruhig. Ich muss deiner Schwester schreiben.«

Warum soll ich dabei still sein? Das hier ist alles unlogisch. Ich könnte laut schreien. Dieser Wald, diese ganze Situation macht mich wahnsinnig. Und warum schreibt er Sarah eine WhatsApp?

Sie antwortet prompt. Darwin zeigt mir das Display. Darauf lese ich, dass sie bald zu uns stoßen wird.

»Sie hat unser GPS-Gerät geortet und wartet auf uns.«

»Wo?«, frage ich.

»Neugierig?«

»Will sie wirklich hierherkommen?«

»Sie liebt mich. Liebe ist größer als Entfernung.«

Wieder kommt eine WhatsApp meiner Schwester. Lauter Herzchen in Rot, Rosa und Gelb und fünf Küsse.

»Fünf Küsse«, sagt Darwin. »Sie liebt mich voll. Tatsache.«

»Ganz bestimmt.«

Wir gehen noch tiefer in den Wald, während Darwin Sarah eine WhatsApp mit 18 Küssen schickt. »18 Küsse, hörst du. Das ist love. Endless love for her. Wir sind Männer, Schatzsucher. Darauf steht sie!«

Ich weiß nicht, was ich dazu sagen soll. Und konzentriere mich auf den Weg.

»Ich mag Tannenbäume«, erklärt Darwin.

»Das sind keine Tannen, sondern Fichten«, korrigiere ich.

»Weißt du, wie egal mir das ist? Hauptsache, sie sind rosa!«

Fichte oder Tanne?

Wenn ihr einen Nerd fragt, welchen Baum er mehr mag, so sagt er »Tanne«. Denn die Fichte sticht, die Tanne nicht! Die Nadeln der Tannen sind eher weich. Supergut für Weihnachtsbäume.

Da muss Santa Claus nicht mal Handschuhe anziehen. Auch stehen die Zapfen bei der Tanne auf den Ästen, bei den Fichten hängen sie nach unten. Und auf dem Boden findet ihr in einem Tannenwald keine Zapfen, denn die Tannen verlieren diese nicht. Sie schuppen sich nur. Du kannst also im Tannenwald gar nicht über Tannenzapfen stolpern. Die Zapfen, die wir im Wald finden, sind stets Fichtenzapfen.

Will er mich veralbern? Hier gibt es keine rosafarbenen Bäume.

Ich trotte hinter ihm her und sehe die Zapfen auf dem Weg liegen.

Wieder kommt eine Nachricht. Darwin sagt: »Sarah schreibt, dass uns Rick und Nerdine dicht auf den Fersen sind.«

»Hat Sarah die anderen geortet?«

»Woher soll sie es sonst wissen? Oder hörst du einen Hubschrauber über uns kreisen? Die haben doch alle ihr GPS an und darüber ortet Sarah uns und alle anderen. Genial, ne?«

Ja, meine Schwester ist genial.

Endlich lichtet sich der Wald. Vor uns liegt eine Hängebrücke, die über eine kleine Schlucht führt.

Dort unten fließt der Fluss, den ich eben auf der Karte gesehen habe. Er ist breit und wild.

Ich mag Flüsse nicht. Sie haben unberechenbare Strudel

und ziehen einen ungeübten Schwimmer wie mich sofort in die Tiefe.

»Da müssen wir rüber«, sagt Darwin.

Butterbrote fallen immer auf die Butterseite

Die Brücke wirkt wackelig. Sie hängt nur an ein paar Seilen. Dazwischen sind Bretter gespannt, über die wir gehen sollen. Ich bleibe am Rand stehen.

Adrenalin schießt in meine Adern! Und eine Warnung durch meinen Kopf: Geh nicht darüber!!

Darwin meint: »Einer muss ausprobieren, ob die Brücke hält. Ich kann es nicht tun. Wenn ich abstürze, gewinnt unser Team nie.«

»Ich habe Angst.«

»Mach dich locker. Denk an was Lustiges.«

»Was denn?«

»An den Quellcode!«

»Wie meinst du das?«

»Na, Fluss, Quellcode. Verstehst du das, Nerd?«

Was für ein böser Mensch! Er lacht mich aus. Seine Zähne gleichen den braunen morschen Brettern der Brücke, aber er hat Muckies und ich nur die Macht des Geistes, die mir jetzt nicht hilft.

»Jetzt mach schon. Oder willst du ein Feigling sein?«

Ich weiß, dass ich jetzt nicht »Ja!« sagen darf. Also behaupte ich: »Der Rucksack ist zu schwer.«

»Was ist dir denn wichtig aus dem Rucksack?«

Ich hole aus dem Hauptfach die Schwimmweste, und ziehe sie an, weil ich nicht ohne Weste in einen Fluss fallen möchte.

»Mehr nicht?«, fragt er.

Ehe ich noch antworten kann, wirft Darwin den Rucksack nach unten in den Fluss! »So, jetzt bist du leichter! Und wenn du weiter nervst, fällst du auch nach unten. Denn alles fällt nach unten, auch Nerds.«

Von Newtons und Murphys Gesetz!

Ja, Darwin hat recht. Wenn du einen Rucksack fallen lässt, fällt er nach unten. Dahinter steckt das Gesetz der Schwerkraft. So zieht die »schwere« Erde den »leichteren« Rucksack

an. Andersherum wäre es auch irgendwie merkwürdig.

Isaac Newton (1643–1727) hat dieses Gesetz, das wir auch Gravitationsgesetz nennen, 1686 formuliert. Er sah einen Apfel fallen, und ihm fiel auf, dass der Apfel senkrecht zu Boden stürzte – nicht seitlich, nicht in Schlangenlinien, sondern auf kürzestem Weg. Heute wissen wir, dass nicht nur Äpfel fallen, sondern auch Birnen, Zahnspangen, Nerds und Butterbrote.

Übrigens: Dass Butterbrote stets auf die Butterseite fallen, hat als Erster Edward A. Murphy (1918–1990) entdeckt. Er schrieb: »Anything that can go wrong will go wrong«, was auf Deutsch soviel heißt wie: »Alles, was schief gehen kann, geht schief!« Murphy glaubte fest daran, weil er selbst mit seinen Experimenten ständig Pech hatte.

Darwin hingegen scheint Fehler zu lieben. Denn unseren Überlebensrucksack wegzuwerfen, kann nur ein Fehler gewesen sein. Und auch nur einen Fuß auf diese Brücke zu setzen, ist ganz sicher falsch!

»Jetzt heul hier nicht wegen dem Rucksack rum, Nerd.«

»Da war das Zelt drin. Sollen wir heute Nacht im Freien campieren?«

»Die anderen campieren. Wir kürzen ab. Dann brauchen wir keine Übernachtung. Wir sind schon heute Abend zurück auf der Burg und zwar mit dem Schatz. Jetzt trödele nicht!«

Darwin schubst mich. Ich falle voran auf die Bretter der Brücke. Unter mir rauscht das Wasser. Ich schwebe über dem Abgrund und spüre kalten Schweiß auf meiner Haut. So kalt wie das Wasser dort unten.

»Geh, Nerd.«

Ich ziehe mich an einem der Seile hoch, taste mich vorwärts, Brett für Brett.

Darwin wackelt an den Seilen. Er findet es witzig, wie ich um mein Leben zittere und Angstsymptome zeige: Schweiß, Unruhe, Speichelfluss und erhöhter Puls. Die Brücke, der Fluss, die ganze Welt wankt unter meinen Füßen! Darwin rüttelt stärker an den Seilen, die Brücke schaukelt noch heftiger. Gleich werde ich abrutschen und wie der Rucksack in der Tiefe verschwinden. Panisch renne ich los, halte mich rechts und links an den Seilen, höre den Fluss und springe über die letzten Bretter ans andere Ufer.

»Na, siehst du! Geht doch!«, ruft Darwin.

Jetzt setzt er den Fuß bedächtig aufs erste Brett und geht langsam vorwärts. Die Brücke wankt leicht. Darwin ist schwerer als ich, weil er mehr Muskeln hat. In der Mitte der Brücke bricht *Kracks!* ein Brett. Sofort geht es abwärts mit ihm, aber er kann sich festhalten.

»Darwin! Du schaffst es!«, rufe ich. Obwohl er böse zu mir ist, will ich nicht, dass ihm etwas passiert. Ich will nie, dass jemandem ein Unglück zustößt.

Er zieht sein linkes Bein wieder hoch und geht vorsichtig weiter.

»Spring!«, rufe ich.

Und mit einem riesigen Satz ist er jetzt auch auf meiner Seite.

Schweißtropfen stehen auf seiner Stirn. Er nimmt mich in den Arm. »Du bist echt ein friend!«

Dann wendet er sich wieder der Brücke zu: »Die anderen müssen auch hier rüber. Oder?«

»Vermutlich.«

»Aber sie werden es nicht schaffen. Sie sind unsere enemys, unsere Feinde.« Er nimmt sein Schweizer Taschenmesser und säbelt mit der kleinen Säge die beiden Hauptseile der Brücke durch, woraufhin diese nach unten fällt.

»Das entspricht nicht den Regeln«, sage ich.

»Das stimmt. Aber ich will gewinnen.«

»Und was ist, falls wir zurückmüssen?«

»Dann bist du schuld.«

»Wieso?«

»Weil es immer einen Schuldigen geben muss! Ist doch logisch. Oder, Nerd?«

Ich stapfe dicht hinter ihm her den Berg runter.

Als wir wieder an einen Fluss kommen, deutet er auf das

GPS-Gerät: »Wir müssen da rüber.« Das Problem: Die Strömung ist zu stark und der Fluss tief. Da könnte Darth Vader genauso gut vom Todesstern hinüber zur Erde balancieren.

»Hier können wir ihn unmöglich überqueren«, stellt Darwin fest.

Wir laufen also weiter rechts, am Fluss entlang, und suchen nach einer seichten Stelle.

Sarah hat geschrieben: »Die anderen sind auf der anderen Flussseite.« Darwin wundert sich: »Das kapier ich nicht. Wenn die anderen auf der anderen Seite vom Fluss sind, sind sie dann hier auf der anderen Seite oder ist die andere Seite da drüben auf der anderen Seite?« Er zeigt über den Fluss. »Wir sind doch auch über den Fluss gegangen. Oder sind die anderen schon zweimal über den Fluss gelatscht?«

»Nein«, sage ich. »Ich gehe davon aus, dass die anderen den Fluss überhaupt nicht überquert haben. Deshalb sind sie jetzt auf der anderen Flussseite.«

Darwin schaut stumpf wie ein Fisch. Er ist intelligenter als Rick und besitzt die sogenannte Ganoven- oder Mobberschläue, aber es fehlt ihm eindeutig an räumlichem Vorstellungsvermögen.

Ich erkläre: »Der Fluss hat mit 98-prozentiger Wahrscheinlichkeit einen Bogen gemacht. Wir sind zu Beginn des Bogens über die Brücke auf die andere Seite des Flusses gegangen. Jetzt ist der Bogen zu Ende. Wir müssen deshalb noch mal über den Fluss, um wieder auf die andere Seite zu gelangen.«

»Verkauf mich ja nicht für dumm, Nerd! Das kannst du vielleicht mit Rick machen, aber ich …« Er hebt die Faust. Seine Körpersprache ist laut.

»Warte«, sage ich beruhigend. »Es ist ganz einfach.«

Ich zeichne die Flussbiegung mit einem Stock in den weichen Uferboden.

Jetzt versteht Darwin, was ich meine. Oft reicht eine kleine Skizze, um einfachen Gemütern komplexe Zusammenhänge klarzumachen.

»Dann hätte ich die Brücke ja gar nicht kaputt machen müssen.«

»Richtig. Wir hätten uns nur die Landkarte ein bisschen näher ansehen sollen.«

»Welche Karte?«

»Die du zusammengeknüllt hast.«

»Willst du mir etwa die Schuld hierfür geben?«

»Natürlich nicht«, lüge ich.

»Okay, Nerd. Denn schuldig sein mag ich nicht. Das belastet mich zu sehr. Ich finde es besser, wenn andere Schuld haben.«

Ich werfe den Stock in den Fluss. Denn ich bin stinkesauer auf Darwin, er ist aber zu stark. So etwas nennt sich Übersprunghandlung. Wir schauen beide dem Stock stumm hinterher, wie er schnell abwärts treibt. Ein Reiher stolziert schräg gegenüber in Ufernähe auf und ab. Er hofft auf einen Fisch, den er mit seinem spitzen Schnabel aufpiksen kann.

»Was machen wir jetzt?«, fragt Darwin.

Ich stelle fest: »Wir können jedenfalls nicht zurück über die Brücke, denn die ist zerstört.«

»Ich werde Felix anrufen. Vielleicht hat er ja eine Brücke gesehen.«

Ich will ihn noch warnen, doch da hat er schon Felix' Nummer gewählt. Statt Felix geht natürlich Ritter Sport an Felix' Handy. Schließlich hat er es im Bus konfisziert. Darwin schaut mich an wie ein Goldfisch, der zu viele Runden im Glas gedreht hat. »Da ist Ritter dran. Der will wissen, ob ich es bin?«, flüstert mir Darwin zu und sagt laut ins Handy: »Ich bin es nicht. Wie kommen sie darauf, Herr Ritter. Darwin hat doch gar kein Handy dabei.«

Dann knipst er es aus: »Ob Ritter meinen Schwindel bemerkt hat?«

»Ganz sicher nicht«, beruhige ich ihn. »Du hast doch gesagt, dass du nicht Darwin bist. Warum sollte er es also denken?«

»Wo du recht hast, hast du recht. Trotzdem müssen wir eine Brücke finden. Ich krieg nämlich Hunger.«

Wir folgen weiter dem Fluss, der eine Biegung nach rechts macht.

Darwin stellt fest: »Das hier ist so was von ein falscher Weg.«

Wir drehen also wieder um. Diesmal kommt mir der Weg noch länger vor. Und die Schwimmweste, die ich trage, macht es mir nicht gerade einfacher. Schließlich besteht sie zu 100 Prozent aus Kunststoff, durch den kein Lufthauch dringt. Ich brate sozusagen in meinem eigenen Saft. Aber solange ich so nah am Wasser bin, werde ich die Weste nicht ausziehen. Das ist zu gefährlich. Der Reiher stolziert immer noch auf Fische lauernd. Er ist geduldig, Darwin nicht. »Komm, Nerd. Schneller! Oder hast du eine Schnecke verschluckt?«

Nein, das habe ich nicht. Ich wäre dafür, einen Hilferuf an Frau Blinker Wahllos oder Herrn Ritter zu schicken, solange wir noch Handyempfang haben. Da klopft mir Darwin auf die Schulter. »He, Nerd. Guck mal!«

Ein wilder Fluss ohne Brücke

Auf der anderen Flussseite stehen Rick und Nerdine. Sie winken uns aufgeregt zu.

Darwin ruft: »Helft uns! Hilfe!!!!«

»Ich glaube, der Fluss ist zu laut. Sie können uns nicht hören«, gebe ich zu bedenken.

Nerdine winkt nicht mehr, sondern holt aus dem Überlebensrucksack ein Seil. Wir beobachten, wie sie einen Stein an das Seilende bindet und es Rick gibt. Der lässt den Stein am Seil über seinem Kopf kreisen. Dann schleudert er ihn über den Fluss und der Stein landet direkt vor unseren Füßen.

»He, gut! Nerdine hat echt Köpfchen. Warum hast du nicht daran gedacht, Nerd?«

»Weil ich kein Seil habe. Es war im Rucksack.«

»Aber du hättest daran denken können.«

Als ich etwas erwidern möchte, sagt er: »Keine Ausreden mehr.« Und bindet das Seil vom Stein, während Rick sich auf der anderen Flussseite das andere Seilende um den Bauch bindet.

Ich schlage vor: »Lass uns das Seilende um einen Baum binden. Dann können wir uns daran bei unserem Weg durch den Fluss festhalten.«

»Ne«, meint Darwin und zieht das Seil stramm. Nun hängt es straff über dem Wasser. Ein Seiltänzer könnte hinüberbalancieren. Ich werde mich gleich am Seil entlang auf die andere Flussseite hangeln. Trotz des Seils ist es immer noch ein riskantes Unternehmen, so, wie die Mars-Mission sicherlich ein schwieriges Unternehmen sein wird. Aber wenn auf dem Mars Nerdine warten würde, dann … Sie winkt mir zu!

»Schau zu und lerne«, sagt Darwin.

Was soll ich lernen? Ich kenne mich in Flussüberquerungen nicht aus.

Zu meiner Überraschung ruckt er plötzlich kräftig am Seil! Rick bekommt auf der anderen Seite sofort Übergewicht und fällt die Böschung hinunter.

»Gleich liegt der Schwabbel im Wasser. Wie kann man nur so blöd sein und sich das Seil um den Bauch binden? Da wird er nur nasser, wenn er fliegt ins Wasser!« Unaufhörlich zieht, zerrt und ruckt Darwin am Seil. Er hat Rick richtig am Haken wie einen mächtigen Fisch.

»So kommen wir nie über den Fluss!«, sage ich. »Das ergibt keinen Sinn.«

»Macht aber Spaß. Den Specki mach ich so was von fertig!«

Ich weiß nicht, was ich tun soll. Darwins Handlung ist unlogisch und kontraproduktiv. Er steht neben mir an diesem reißenden Fluss und lacht, wie sonst nur Rick lacht: »Hö-höhö!«

Wie muss ich mich verhalten, um ihn aufzuhalten? Ich werde es mit einem Kommando versuchen und sage: »Hör auf!« Und lauter: »Hör auf damit!!!!« Aber er hört nicht auf. Er lacht. Ich halte mir mit beiden Händen die Ohren zu und schreie so laut ich kann: »HÖR! ENDLICH! AUF!«

Das Ergebnis ist ernüchternd: Er beachtet mich einfach

nicht. Akustisch kann ich nicht zu ihm durchdringen. Ich muss es daher körperlich versuchen und … schubse Darwin!

Sofort erfolgt eine Reaktion: Er stolpert zur Seite, das Seil gleitet ihm aus den Händen, und rutscht ins Wasser, weil Rick auf der anderen Flussseite das Ufer hochklettert.

»Spinnst du, Nerd? Jetzt haben die Idioten das Seil!«, brüllt mich Darwin an. Er boxt mir gegen die Schulter.

Ich will mich nicht schlagen. Ich habe mein Ziel erreicht. Warum sollte ich jetzt noch gewalttätig werden? Es hat mich schon genug Überwindung gekostet, ihn gegen die Schulter zu schubsen.

Ich sage: »Wir sollten uns auf die Flussüberquerung konzentrieren.«

Darwins Kopf ist jetzt noch hochroter und sein Mund steht halb offen. Er ist also gleichzeitig wütend und erstaunt. Anders weiß ich seine Reaktion nicht zu deuten.

Ein Stein zischt an uns vorbei. Rick hat ihn geworfen. Nun hält auch Darwin einen Stein in der Hand. Das ist ein typisches Verhalten für Mobber. Wenn du einen Mobber mit Steinen bewirfst, so wirft er zurück, ohne zu zögern. Wenn du

einen Mobber schlägst, so schlägt er sofort zurück. Das ist sinnlos, denn so werfen und schlagen alle so lange, bis sie sich gegenseitig verletzt haben. Viele Eltern fordern von ihren Kindern trotzdem ein solches Verhalten ein. Sie nennen es »sich durchsetzen«, obwohl es jeder Moral widerspricht.

Das Interessante: Eben jene Persönlichkeiten, die in der Menschheitsgeschichte das genau gegenteilige Verhalten zeigten, werden in unserer Gesellschaft als Vorbilder bezeichnet – etwa Personen wie Jesus oder Mahatma Gandhi. Wenn diese Personen auf die eine Wange geschlagen wurden, so hielten sie dem Angreifer auch noch die andere hin.

Aber Typen wie Darwin und Rick halten keine Wange hin, sondern schlagen, bis einer umkippt.

Daher werfen beide jetzt mit Steinen!

Wie durch ein Wunder prallen die Steine über dem Fluss gegeneinander. KLONG! Ein Funken sprüht. Sowohl Darwin als auch Rick sind für eine Sekunde baff!

Nerdine gibt mir ein Handzeichen: Wir sollen weiter nach links gehen!

»Komm, Darwin«, sage ich. »Hier lang.«

Noch einmal schmeißt er einen Stein, der nur knapp Nerdines Kopf verfehlt.

»Bist du verrückt? Du hättest sie fast getroffen!«, schreie ich Darwin panisch an. Und bereue es sofort. Ich weiß nicht, wie ich das tun konnte. Es war eine Kurzschlussreaktion. Ich habe Angst vor ihm. Immerhin besitzt er vermutlich etwa dreißig Prozent mehr Muskelmasse als ich und ist einen Kopf größer. Was wird er tun? Ist er wütend auf mich? Wird er mir nun den Arm umdrehen, mich in den Schwitzkasten nehmen oder einfach im Wasser ertränken?

Aber nichts von dem geschieht. Und ob ihr es glaubt oder nicht, Darwin schaut mich nur respektvoll an.

»He, du hast ja echt Eier«, sagt er und lehnt lässig seinen Kopf zur Seite. Ein Stein saust an ihm vorbei. Dann ruft er über den Fluss: »Loser!« Zu mir sagt er ruhig: »Lass uns in deine Richtung gehen, Nerd!«

An einer der nächsten Biegungen findet sich eine Flussenge.

Ich schaue auf die riesigen Felsen, die vom reißenden Wasser umspült werden. Sie ragen wie Schildkrötenpanzer heraus.

Darwin schlägt vor: »Spring einfach von Stein zu Stein. Du spielst doch so gerne Super Mario.«

»Und wenn ich abrutsche?«

»Dann ist Game over.« Darwin findet das witzig. Ich nicht. »Der Weg über den Fluss ist alternativlos«, meint er. »Reiß dich zusammen und hüpf!«

»Ich traue mich nicht«, sage ich.

»Das hatten wir doch schon mal an der Brücke. Lernst du überhaupt nicht dazu?«, entgegnet mir Darwin und schubst mich erneut. Ich falle nach vorn, klammere mich an den Stein im Fluss, während meine Füße noch am Ufer sind. Unter mir fließt Wasser, kalt und schnell, sehr kalt und sehr schnell. Gut, dass ich die Schwimmweste habe.

»Super, Nerd. Du bist eine tolle Brücke. Perfekt!«

Darwin tritt auf meine Beine, dann auf meinen Rücken. Das tut höllisch weh. Ich will aufschreien, da steht er schon mit

einem Fuß auf meinem Kopf und sein Gewicht drückt mein Gesicht unter Wasser. Um mich herum ist nur noch Kälte, eisige Kälte. Ich schnappe nach Luft und atme Wasser. Huste. Ich werde ersticken! Da zieht Darwin mich an den Haaren hoch zu sich auf den Stein. Das war knapp!

Darwin springt auf den nächsten Stein. Sie sind glatt wie frisch polierte Festplatten. »Jetzt du! Aber vorsichtig, Nerd!«

Warum sollte ich absichtlich unvorsichtig sein?

So springen wir von Stein zu Stein wie die Mario Brothers.

Darwin ruft: »Guck da, Lachse!«

Ich schaue mich kurz nach Braunbären um, da Braunbären gerne Lachse jagen. Und uns anschließend fressen würden. Aber ich kann keine entdecken.

Aus *Team Freude* wird *Team Absaufen*!

Pitschnass gelange ich ans andere Ufer.

Darwin will quer durch den Wald abkürzen und zeigt aufs GPS. »Ist der kürzeste Weg. Glaub mir, Nerd.«

Ich möchte das nicht. »Wir sollten am Fluss entlanglaufen. Sonst verlaufen wir uns womöglich.«

»Hast du etwa Angst vorm bösen Wolf?«

»An den bösen Wolf glaube ich nicht.«

»Na, siehst du, Nerd. Es gibt also kein Argument, das dagegenspricht.«

Also trotte ich wieder hinter ihm her, obwohl ich weiß, dass es kein gutes Ende mit uns in dieser Wildnis nehmen wird. Ich frage mich, ob ich ihn nun anschreien soll. Oder schubsen? Das hat vorhin auch geholfen.

»Nicht so lahm, Nerd«, drängt mich Darwin.

Ich denke, es ist nicht der richtige Zeitpunkt dafür, Darwin die Stirn zu bieten. Unter meinen Füßen knacken Stöcke und über mir höre ich Krähen irgendwo über den Wipfeln krächzen.

Zweige schlagen mir ins Gesicht. Der Boden wird weicher. Ist das Moorboden? Die ganzen Mücken, die jetzt bei jedem Schritt auffliegen, würden dazu passen. Aber hier ist Nadelwald. Nadelbäume wachsen nicht im Moor. Oder? In einem Computerspiel könnte so was nicht sein, aber in der Natur ist alles möglich. Und überall sind Ameisen und bestimmt auch Zecken.

Ich sollte mich tot stellen wie ein Opossum. Aber dann? Darwin würde mich liegen lassen. Keiner würde mich hier finden. Mein Vater und meine Mutter kennen sich im Wald nicht aus. Sie sind Nerds, keine Förster. Und ich bin auch nicht gerade Indiana Jones. Ich müsste im Wald leben lernen; im Winter würde ich mit den Händen ein Iglu formen, und im Sommer würde ich zum Schutz vor Wölfen auf Bäumen hausen. Nein, das will ich nicht! Ich folge Darwin, gehe schneller, bis ich meine Beine nicht mehr spüre. Ihr kennt das, wenn euch der Sportlehrer zu oft in der Halle im Kreis laufen lässt. Dann lauft ihr nur noch vorwärts, vorwärts, vorwärts! Die Zeit wird ein Brei, eure Beine federn, wippen auf und ab, und ihr habt ganz viel Platz im Kopf und Ruhe.

»Da sind wir«, stellt Darwin fest. Diese Bemerkung ist

nichtssagend. Schließlich ist es eindeutig, dass »wir da sind«. Würden wir nicht da sein, dann gäbe es uns gar nicht. Was er mir vermutlich damit sagen möchte, ist, dass wir wie durch ein Wunder den Wald hinter uns gelassen haben und uns wieder am Fluss befinden. Jetzt gilt es nur noch festzustellen, ob es der gleiche Fluss ist. Dazu müsste ich die Fließgeschwindigkeit und die Wassermenge analysieren.

»Guck mal«, sagt Darwin. Wieder liegt eine Dose Big Bizeps zwischen zwei Farnen. »Die kann nur von Ritter Sport stammen. Er hat die Dosen weggeworfen, damit er den Weg zurückfindet. Genau wie bei Hänsel und Gretel.«

Von links kommen Stimmen. Das ist Ricks lautes Organ. Schon sehe ich auch Nerdine, die mit ihm am Fluss entlangkommt. Also ist es wirklich der richtige Fluss.

»Team Glücksklee«, sagt Darwin. »Dann haben wir aber ein wirklich großes Stück abgekürzt. Sie müssen einen riesigen Vorsprung vor uns gehabt haben. Los, Nerd! Weiter!«

Hinter der nächsten Biegung warten Ritter Sport und Frau Blinker Wahllos. Sie haben Kanus für uns, die gelb, rot und grün am Ufer in der Sonne glänzen. Ritter lässt am Steg eines zu Wasser.

»Wie weit müssen wir auf dem Fluss fahren?«, frage ich.

»Bis zur Anlegestelle hinter der Brücke«, sagt Ritter. »Dort steigt ihr an Land.« Er drückt jedem von uns ein Paddel in die Hand und hält das Kanu im Wasser fest.

Darwin klettert hinein.

Ritter nickt mir freundlich zu. »Jetzt du. Keine Angst. Der Fluss ist hier nicht so tief. Nur wild.«

Darwin hebt den Daumen. »Wild ist wichtig, wild ist toll!«

Ein Nerd in einem Kanu auf einem reißenden Fluss, das passt nicht zusammen. All meine Platinen, Nervenbahnen, Lötstellen und Schaltkreise wehren sich gegen Wasser. Doch ich lasse mich überreden.

»Setz dich und zappele nicht rum«, befiehlt Darwin. »Was bist du? Killerwal oder Robbenbaby?«

Ich weiß es nicht und schaue Hilfe suchend Ritter Sport an. Der meint: »Ihr seid bis jetzt die Ersten. Passt gut auf euch auf, dann bleibt ihr es auch. Mut und Geist prägen euer Team. Ihr werdet den Schatz finden.«

Er stößt uns vom Ufer ab. Sofort werden wir von der Strömung ergriffen. Das ist ein Glück, denn ein Kanu bezieht seine Stabilität aus der Bewegung, ähnlich einem Fahrrad. Liegt ein Kanu regungslos im Wasser, so kann es sehr leicht umkippen

»Gut, dass ich die Schwimmweste angezogen habe«, sage ich.

»Mensch, Nerd. Wer ein rohes Ei schluckt, braucht keine Weste! Der kann auch unter Wasser gehen.« Das stimmt nicht. Niemand kann dauerhaft unter Wasser gehen. Vermutlich will er mir damit sagen, dass einem Nerd, der ein rohes Ei trinkt, auch sonst keine Grenzen im Leben gesetzt sind. Er also wie ein Supermann alles kann, was ebenso wenig stimmt.

Wir paddeln. Ich tauche meine Ruderblätter abwechselnd ins Wasser, während Darwin laut »HOPP! HOPP! HOPP!« ruft. Bei jedem HOPP tauche ich das Paddel ein. Das ist anstrengend. Ich glühe unter meinen Schichten aus Unterhemd, Sweater,

Jacke und Schwimmweste. Das ist alles zu warm. Viel zu warm!

Als ich mich umsehe, erkenne ich Nerdine und Rick. Sie folgen uns. Auch Patrizia ist jetzt ein Stück flussaufwärts mit Popel Patrick zu sehen. Wie konnten sie so schnell ins Kanu

klettern? Patricia langes blondes Haar glänzt golden in der Sonne. Sie kämmt es, während Popel Patrick einen Popelklumpen nach dem anderen aus seiner Nase schaufelt und einen Außenbordmotor mit der grünen Masse modelliert. Er klebt ihn hinten ans Boot und versucht mit einem gepopelten Seil den Motor anzuwerfen. Rums! Rums! Rums! Schon knattert er los. Mit Turbogeschwindigkeit ziehen die beiden so an *Team Glücksklee* vorbei.

Nein! Gelogen! Lasst euch nicht von mir veralbern! Es gibt natürlich keine Hochleistungsmotoren aus Popeln. Das ist Blödsinn. Dann könnte es ja auch Popelraketen, Popelzüge, Popelpropeller oder Popelpeller geben.

In Wirklichkeit paddelt Patrick wie ein Wahnsinniger, um sich vor Patrizia großzutun.

»Mach schneller, Nerd«, feuert mich Darwin an. »Dieser Popelfresser ist wahnsinnig geworden! HOPP! HOPP! HOPP!«

Ich steche das Paddel ein, rechts, links, rechts, links, in immer kürzeren Abständen, schnell und schneller.

Am Ufer läuft Gregor Honk. Er hat seinen Partner Nintendomus verlassen. Er scheint nur noch die Schatzjagd zu kommentieren und nicht mehr selbst daran teilnehmen zu wollen. Das würde zu seinen sonstigen Verhaltensweisen passen. Denn er kommentiert oft und gerne. Als ein waschechter LetsPlayer hat er auf dem Netz schon Fifa, Minecraft, Call of Duty und The Forest kommentiert. Er träumt davon, auch so bedeutend wie Gronkh, Unge oder Dner zu werden. Honk redet lautstark in sein GPS-Gerät,

als sei es ein Mikrofon: »Gleich werden Popel Patrick und seine liebreizende Patrizia das Kanu von Team Hoffnung erreicht haben. Werden sie es überholen? Werden sie?«

Nein! Denn als Patrizia und Patrick zu uns aufschließen, schreit mich Darwin an: »Attacke!« Dabei paddelt er einfach rück- und seitwärts gegen die Strömung. Unser Kanu driftet sofort scharf nach rechts und rammt das Kanu von Patrizia und Patrick. Die kentern und fallen ins Wasser.

»Oh, nein!«, ruft Patrizia. »Mein Haar! Meine Fingernägel! Mein Make-up! Hilfe! Hilfe!«

Gregor Honk kommentiert: »Was für ein Unglück! War es ein Unfall? Oder Absicht? Wo ist Super Mario und rettet diese Peach?«

Darwin schreit mich an: »Schau dich nicht um, Nerd Nur nach vorne bringt uns weiter!« Die Strömung wird stärker. Wir werden noch schneller.

Rick und Nerdine haben wir schon weit hinter uns gelassen.

Da hängt ein Transparent an der Brücke, unter der wir durchpaddeln. Und darauf steht deutlich kursiv in einer Arial-Schrift von 418 Punkt zu lesen: *In 50 Metern bitte links ans Ufer rudern und die Kanus abgeben! Ab da geht es zu Fuß weiter!*

Unsere Lehrer haben die GPS-Schatzjagd perfekt geplant. Ich mag solche Planungen. Sie geben mir Sicherheit und beruhigen mich.

»Dort ist die Anlegestelle!«, sage ich zu Darwin und stecke mein Paddel links vom Boot tief ins Wasser. Das Kanu fährt jetzt Richtung Ufer. Gleich werden wir wieder festen Boden unter den Füßen haben und dann hat euer Nerd seine erste Kanupartie ohne Wasserberührung überlebt.

Doch Darwin will nicht anlegen. Er hält sein Paddel auf der anderen Seite ins Wasser.

»Wir bleiben auf dem Fluss«, sagt er.

»Wieso? Herr Ritter hat gesagt, dass wir …«

»Der Schatz liegt im Süden. Also ist der Weg über den Fluss der schnellste Weg.«

»Aber ich will an Land.« Und wiederhole: »Herr Ritter Sport hat gesagt, dass wir an Land sollen.«

Darwin dreht sich daraufhin mit entschlossenem Blick zu mir um, stößt mich rückwärts über Bord und ruft mir zu: »Du hättest es so gut bei mir haben können!«

Ich rufe um Hilfe, bitte: »Bleib hier, Darwin!«

Doch er hört mich schon nicht mehr.

Ich bin alleine in diesem kalten Wasser, sehe die Anlegestelle und will dorthin. Nur ist die Strömung zu stark. Und ich werde mitgerissen wie ein Korken. Ist das mein Ende?

Wir retten auch die Fiesenmiesen

»Nerd! Wir kommen!« Das ist Nerdines Stimme! Wie aus dem Nichts taucht sie neben mir auf. »Gib mir deine Hand!« Gemeinsam mit Rick zieht sie mich ins Kanu.

Ich bin erschöpft, aber sie sieht mich an. Und sofort ist mir heiß.

»Was ist passiert?«, fragt sie. Das Licht der Sonne glitzert auf ihrer Zahnspange.

»Darwin ist ohne mich weitergefahren«, sage ich.

»Höhöhö«, lacht Rick. »Das wissen wir.«

»Äh, ja klar. Ich wollte sagen, dass Darwin mich aus dem Boot geschubst hat.«

»Warum?«, hakt Rick nach.

»Weil ich an Land wollte.«

Rick schaut aufs GPS. »Weil der Schatz in dieser Richtung versteckt ist.« Dabei zeigt er flussabwärts. »Das ist eine gigantische Abkürzung.«

»Aber da kommt ein Wasserfall«, erklärt Nerdine. »Wenn er dorthin paddelt, ist es aus mit ihm.«

Rick findet das gut: »Ist doch super. Höhöhö!«

»So ein Blödsinn!«, faucht Nerdine Rick an. »Ich lasse ihn nicht ins Unglück paddeln. Das hat keiner verdient!«

»Ich komme auch mit«, sage ich. Es ist ohnehin besser, bei Nerdine zu bleiben, da so meine Körpertemperatur ständig erhöht ist und ich leistungsfähiger bin.

Rick findet uns »bescheuert«, »wahnsinnig«, »unlogisch«, wird kurz wütend, schlägt mit dem Paddel aufs Wasser, aber er will uns nicht »im Stich lassen«.

So rudern wir gemeinsam weiter flussabwärts. Lange Pflanzen reichen wie gigantische Spinatspaghetti bis an die Oberfläche. Darwin hat schon einen großen Vorsprung. Wir brauchen exakt 24 Minuten und 14 Sekunden, bis wir das rote Kanu wieder auf dem Fluss entdecken. Rick deutet voraus. »Kanu in Sicht!«

Darwin steuert gerade aufs Ufer zu. Jetzt sehen wir auch Sarah, die dort zwischen den Büschen mit Otto wartet und ins Kanu steigt. Otto trägt immer noch den Indiana-Jones-Schlapphut wie ein echter Abenteuermops.

Nerdine ruft: »Bleibt am Ufer! Wasserfall!«

Darwin und meine Schwester hören ihre Worte nicht. Sie schauen nur zu uns rüber und paddeln los.

»Das darf doch nicht wahr sein«, flucht Rick und schlägt das Paddel wütend aufs Wasser, als wolle er die Wasserstoffteilchen von den Sauerstoffteilchen trennen. »Jetzt muss ich dem Idioten auch noch hinterherpaddeln. Wie bescheuert ist das denn?«

Das mit der Verfolgung wird schwierig, denn meine Schwester paddelt wie eine Wilde und Otto gibt den Takt vor: »Wuff! Wuff! ... Wuff! Wuff! ... Wuff! Wuff!«

»Da vorn sind die Stromschnellen!«, ruft Nerdine.

Sie hockt hinter mir, hält ihr Paddel wie ein Ruder am Heck ins Wasser und versucht, das Kanu auf Kurs zu halten. Es wird mit jedem Meter schwieriger, weil der Fluss steiler abwärts

fließt. Um uns herum schäumt das Wasser wie in einem Whirlpool, klatscht gegen die Felsen. Ich bekomme mehr und mehr Wasser ab. Es ist eine regelrechte Wasserschlacht.

»Auf Kurs halten!«, schreit Rick. »Pass auf, Nerdine!«

Vor uns wird Darwins Boot gegen einen mächtigen Stein geschleudert, augenblicklich stellt es sich quer und bleibt mit Spitze und Heck zwischen zwei Felsen hängen, die aus dem Fluss ragen. Mit rasender Geschwindigkeit nähern wir uns.

»Verdammt! Reiß das Kanu rum!«, schreit Rick. Da rammen wir schon das Kanu von Darwin und meiner Schwester. Ich fliege über Ricks Kopf hinweg von Bord, höre Otto jaulen, klatsche ins Wasser, das mich mit sich reißt wie einen Korken. Wo sind die anderen? Sie tragen keine Rettungswesten. Und Nerdine? Ich sehe sie nicht, höre sie rufen: »Nerd! Wasserfall! Achtung!!«

Ein perfekter Ort

Und es geht abwärts. Ich falle, schaue in die Sonne, bin im Wasser, um mich herum glitzert alles, jeder Tropfen. Wie in einem Traum. Ich habe keine Angst, schaue nicht nach unten, nicht nach oben. Alles rauscht und fliegt. Wasser. Neben mir fällt Darwin in Zeitlupe an mir vorbei. Wir gleiten durch Raum und Zeit, durch einen Regenbogentunnel aus Wasser und Sonne und Sauerstoff. Hatte Albert Einstein recht? Sind Raum und Zeit eins? Verändert sich die Zeit, wenn du schnell genug bist? Ich fühle mich frei. Kein Ticken der Uhr mehr. Nichts vergeht. Ich bin der erste Nerd, der im Raum-Zeit-Kontinuum unterwegs ist. Star Wars ist keine Zukunft, Star Wars ist hier und jetzt, das All und das Meer.

Und mit einem gewaltigen PLATSCH tauche ich ins Wasser. Aber nur kurz. Nicht tief, denn ich schwimme sofort wieder über Wasser. Die Weste hält mich. Wie eine Teekanne dümpele ich an der Oberfläche. Ich befinde mich offenbar in einem kleinen See in einem Tal. Oben auf dem

Tellerrand sind Sträucher, dahinter stehen hohe Tannen und dahinter sehe ich Berge in der Ferne. Neben mir schießt Rick wie ein Pfeil in die Tiefe. Unter mir ist es dunkel. Dann taucht Nerdine nach Luft schnappend auf. Sie ist erschöpft. Ich kraule im Hundestil zu ihr und packe sie am Arm.

»Nerdine! Hallo!«

Sie atmet. Ich halte sie. Im Wasser ist alles leicht. Ich ziehe sie ans Ufer und sinke erschöpft neben ihr auf die Wiese. Sie hat die Augen geschlossen. Das Pflaster am Kinn ist weg. Darunter war ein kleiner Pickel. Er ist wirklich winzig. Hat sie sich deshalb geschämt? Wo ist Darwin? Wo meine Schwester? Rick steigt wie ein nasser Lappen aus dem See, seine Löwenmähne ist zusammengefallen, die Haare kleben an seinem Gesicht.

Erschöpft liege ich auf dem Rücken und halte Nerdine im Arm. Die Sonne leuchtet rot durch meine Augenlider. Ich höre meinen eigenen Puls. Darwin und meine Schwester kraulen an Land. Sinken erschöpft und Wasser spuckend neben uns auf die Wiese. Zu viel Abenteuer für einen Tag. Das halten selbst die härtesten Mobber nicht aus. Sie sind still! Jetzt ist alles ruhig! Nur die Wolken in diesem blauen Himmel sind noch unterwegs. Untermalt von

dem Geräusch des stürzenden Wassers. Ich spüre Nerdines Nähe und höre Vögel. Keine Krähen. Es sind Singvögel. Ich schließe zufrieden die Augen. Die Welt kann wie ein Zimmer sein, in dem du liegst und dich wohlfühlst. Ich bin ein Nerd und ich bin zum ersten Mal in meinem Leben so erschöpft und überglücklich. Mir fällt nicht einmal ein, wie die einzelnen Singvögel heißen, die ich höre.

»Gut, dass du hier bist«, sagt Nerdine leise.

Wir schauen uns an. Wenn dich ein hübsches Mädchen anschaut, erhöht sich deine Haut um drei Grad. Das wusste ich schon, als ich Nerdine zum ersten Mal damals in der Schule traf, als sie mich zum Direktor brachte, aber jetzt ist es etwas anderes. Ich bin pitschnass und mir ist trotzdem heiß.

»Es ist hier wie in einem *locus amoenus*«, flüstere ich Nerdine zu. Sie versteht mich.

locus amoenus – *Da willst du hin!*

Wer kein Latein in der Schule hat, es vielleicht auch niemals haben wird oder haben will, der sollte trotzdem mal einen locus amoenus *besuchen. Denn da ist es nuuur schön! Damit ist natürlich auf keinen Fall die Schule gemeint. Schließlich heißt* locus *›Ort‹ (manchmal sagen alte Leute übrigens auch, dass sie den Locus besuchen, womit sie das Örtchen/die Toilette meinen) und* amoenus *bedeutet ›schön‹, ›anmutig‹ oder ›lieblich‹. Mit* locus amoenus *war also schon zu der Zeit, als die Leute wirklich noch so was wie Latein geschrieben haben, ein wundervoller Ort gemeint. So ähnlich wie in Barbiefilmen, wo ein glitzerndes Einhorn durchs Tal hoppelt und Rosenduft pupst.*

Oft gibt es da eine Quelle oder eine supernette Badebucht mit WLAN im Wasser und Minecraft prime version im Hotel.

Normalerweise gehören zu solch einem Ort auch noch Liebespaare, die sich gegenseitig mit dem Harfenspiel erfreuen oder auf Wiesen rumliegen und sich turtelnd in die Augen gucken, so wie ich und Nerdine es genau jetzt tun.

Dies wäre also jetzt der perfekte Ort, um sich zu küssen.

Doch Darwin tönt laut los: »Cool hier! It's a perfect location!« Er stößt mir gegen die Schulter. »Guckt dir das an!«

Ja, ich gucke, wir alle gucken: Das Gras um uns herum ist saftig. Wilde Blumen wachsen überall, Kräuter, Sträucher haben rosafarbene Blüten. Und der Wasserfall sieht aus wie die Computersimulation *Perfekter Wasserfall.*

Sarah springt auf. »Wo ist Otto?« Sie schaut uns vorwurfsvoll an, als hätten wir Otto umgebracht.

»Ob er ertrunken ist?«, fragt Darwin.

Auf dem Wasser treiben unsere halb versunkenen Kanus. Die Rucksäcke sind nicht mehr da, vermutlich untergegangen, verschlungen von einer Datenkrake, die in der Tiefe des Sees haust.

»Ein Hund ertrinkt nicht«, tröste ich meine Schwester. »Statistisch gesehen ertrinken Menschen achtzehn Mal häufiger als Hunde. Wären achtzehn von uns ertrunken, so wäre es logisch, wenn auch Otto ertrunken wäre. Doch so ist es nur logisch, dass wir ihn suchen sollten.« Ich halte mir die Hände vor den Mund wie ein Trichter und rufe: »Otto! Wo bist du?! Ohooottooooo!«

Sarah meint: »Vielleicht ist er die Felsen hochgeklettert?«

»Otto?«, fragt Darwin ungläubig.

»Ja, Otto! Oder meinst du, er ist dazu nicht in der Lage?«

»Doch, doch! Natürlich, Sarah. Klar.« Er drückt ihr einen Kuss auf die Wange, um sie zu besänftigen.

»Was für ein Weichei«, zischt mir Rick zu. Er wuschelt sich dabei durchs Haar, das jetzt wieder in alle Richtungen absteht. »Deine Schwester hat ihn voll unter Kontrolle.

Der sagt, was sie hören will. Er erinnert mich an eine Handpuppe.« Während er mir das sagt, sucht er verzweifelt in seiner Jacke, bis er sein Handy gefunden hat. Es ist nass. Auch Darwin zückt sein Handy. »Verdammte Scheiße! Meins ist auch kaputt. Wasserschaden. Gut, dass ich noch die Garantie hab.«

»Du bist so ein Idiot«, sagt Sarah. »Was hilft uns hier deine Garantie?«

»Wieso? Eine Garantie ist immer gut«, meint Darwin kleinlaut.

Rick muss lachen.

»Was lachst du so blöd?«

»Ich lach, wie und wo ich lachen will.«

Darwin baut sich jetzt vor Rick auf. Er will sich mit ihm prügeln.

Sarah sagt: »Halt lieber die Klappe. Sonst verliere ich noch meinen Respekt.« Sie deutet auf den Wasserfall. »Ist das da nicht Otto?«

Hinter dem Wasserfall bewegt sich ein kleiner Punkt. Das könnte ein Mops sein oder ein übergewichtiges Minizebra.

»Oooottooooo!«, ruft Sarah megafonlaut.

Der Punkt bleibt stehen, als horche er auf. Sarahs Gesicht hellt sich augenblicklich auf. Dann springt Otto mit einem riesigen Satz durch den Wasserfall und direkt in den See. Sarah läuft ins Wasser, bekommt Otto am Nacken zu packen und zieht ihn zu sich hoch.

»Ach, du, du, du. Manchmal bist du ein dummer, dummer Mopsi!« Sie drückt ihm ein Küsschen auf die Schnauze. Selbst Darwin verzieht angeekelt das Gesicht. Muss jetzt aber Otto ebenfalls ein Bussi geben, weil Sarah es so will. Ist das Liebe, die Darwin nun meiner Schwester durch den Kuss beweist?

»Dein Frauchen hat noch Leckerli für dich, mein lieber Otto«, sagt Sarah.

»Leckerli?« Darwin scheint seinen Ohren nicht zu trauen. »Du hast was zu essen dabei?«

Sie zieht aus ihrer Tasche eine Tüte Lakritzschnecken.

»Kann ich auch welche? Bitte!«, bettelt Darwin.

»Ach, Darwin. Du weißt doch, wie gerne Otto Lakritze isst.«

Als der die sieht, springt er hoch und will die Schnecken. Darwin ist jedoch schnellesr und packt die Tüte, woraufhin ihm Otto in die Wade beißt, woraufhin wiederum Darwin die Tüte fallen lässt und jetzt Otto sie in der Schnauze hält

»Du Töle! Gib mir sofort die Schnecken, du behaartes Fleischbällchen!«

brüllt Darwin und rennt hinter Otto her am Ufer entlang. Neben dem Wasserfall springt Otto die Steine hinauf wie Stufen. Doch Darwin ist schneller und bekommt ihn am Hinterbein zu fassen. Otto jault, verliert die Tüte aus dem Maul, rutscht ab, fällt, und schon hat Darwin die Schnecken.

»Was soll das?!«, fährt meine Schwester ihn mit erhobener Faust an.

Darwin reagiert voller Adrenalin: »Du willst doch nicht diesem Köter unser letztes Essen geben?«

»Es sind seine Lakritzschnecken«, stellt Sarah fest.

Doch der Hunger lässt Darwin gegen Sarah aufbegehren. Er fasst den Beutel Lakritzschnecken nur noch fester. Überraschend schnappt Otto mit einem erneuten Sprung nach der Tüte und schlitzt sie mit seinem vampirhaften Eckzahn im Flug auf. Sämtliche Schnecken fliegen umher und in den Matsch.

Eine Sekunde lang sind alle starr vor Schreck. Nur Otto nicht. Er verschlingt sogleich die erste Schnecke, dann die zweite, und wir sehen hilflos zu, wie er eine nach der anderen verputzt bis seine Zunge ein letztes Mal durch den Matsch fährt um die letzte Schnecke zu verpinseln.

Ich ziehe derweil meine Jacke aus und wringe sie aus. Alles

an mir ist pitschnass. Gut, dass es so warm ist, sonst würde ich mir sicherlich eine Erkältung zuziehen.

»Das mit dem Essen ist damit also geklärt«, sagt Darwin nüchtern. »Was machen wir jetzt? Ohne GPS-Geräte und ohne unsere Überlebensrucksäcke?«

»Wir kennen also nicht einmal unsere Position«, stellt Nerdine fest. Sie nimmt ihre Brille ab und putzt sie an ihrer Bluse sauber.

»Was meinst du mit Position?«, will Rick wissen.

»Dass wir nicht wissen, wo wir sind«, erläutere ich.

»Wie? Ich bin doch hier«, sagt er.

Sarah ist gnädig, sie erklärt Rick, ruhig die Brille putzend: »Ja klar. Wir wissen natürlich alle, dass du hier bist. Und wir wissen, dass Otto alle Schnecken gefressen hat. Aber wir wissen nicht, wo Otto die Schnecken gefressen hat.«

Rick zeigt zu Otto: »Doch. Ich weiß es. Genau da hat er sie gegessen.«

Darwin erklärt nun Rick ganz langsam: »Hör mal. Sarah will dir nur sagen, dass keiner von uns weiß, wo der nächste Supermarkt ist. Kapiert?«

»Ich kapier mehr, als in dein Erbsenhirn passt. Kapierst *du* das?! Wenn du dir an den Kopf fasst, dann fasst du ins Leere. Soll ich dir einen Blechschaden verpassen?«, poltert Rick los.

»Stopp!«, schreit meine Schwester. »Wir haben keine Zeit für solche Streitereien. Du« – sie zeigt auf Darwin – »bist mein

Freund und du« – sie zeigt auf Rick – »bist der Teampartner der Freundin von meinem Bruder.«

Ich bin erstaunt! Will Sarah damit ausdrücken, dass Nerdine meine Freundin ist? Augenblicklich wird mir heiß! Ich schaue zu Sarah hinüber, die mich anlächelt. Mir wird noch heißer. Unendlich heiß. Gleich wird die Nässe auf meiner Haut einfach verdampfen. Meine Schwester redet weiter. »Also, wir sitzen alle in einem Boot und müssen gemeinsam vorankommen. Kapiert ihr das!?«

Rick und Darwin nicken unterwürfig.

Darwin fragt: »Was machen wir jetzt?«

»Vielleicht hat ja unser Lexikon eine zündende Idee«, meint Sarah und schaut mich auffordernd an.

Was soll ich darauf antworten? Ich muss meine Gedanken sortieren, mich konzentrieren. Alle schauen mich an, aber ich blicke in mich. Nach den Erfahrungen der letzten Stunden lässt sich nichts vorausberechnen. Denn ich hätte nie geglaubt, dass ich auf Nintendomus Kart fahren, über eine morsche Brücke gehen oder einen Wasserfall heruntergespült werden würde. Ich schließe die Augen und überlege, warum wir hier sind, was unsere Aufgabe ist, welche Probleme wir lösen müssen und sage: »Wir wollen doch den Schatz finden?«

Sarah bejaht und keiner sagt etwas dagegen.

»Dann müssen wir Richtung Süden wandern. Wie aber finden wir heraus, wo Süden ist?« Ich erwarte keine Antwort und zeige auf einige Sträucher: »Sträucher und Bäumen neigen sich gewöhnlich in jene Richtung, in die sie der Wind bläst. Weil in unseren Breitengraden meist Westwind herrscht, neigen sich diese Sträucher zum Osten. Ich nehme mir einen Stock und zeichne einen Kreis auf den Boden und markiere die Himmelsrichtungen.

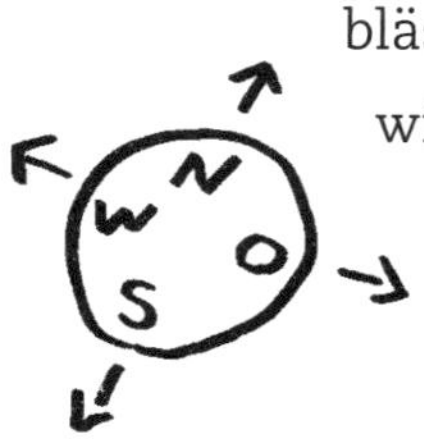

»Bah«, sagt Rick.

Auch Darwins Mund steht offen wie ein windowsbasierter Computer ohne Antivirenprogramm.

»Woher weißt du das, Nerd?«, will Rick wissen.

»Weil er bei mir in der Mannschaft ist«, erklärt Darwin und legt seine Hand auf meine Schulter. »Wir sind das Winnerteam!«

Nerdine schaut mich bewundernd an. Mein Hirn läuft auf Hochtouren, so wie der Reaktor eines Atomkraftwerks, kurz bevor er sich überhitzt. Ich krame alles zusammen, was ich mal im Netz über Überlebenstechniken in der Natur gelesen habe. Gedanken formen sich zu Bildern, die ich abgespeichert habe. Wenn du ein fotografisches Gedächtnis hast, kannst du in deinem Hirn blättern wie in einem Buch.

Ich sage: »Wir sollten zu der Pflanze dort gehen.«

Sie folgen mir.

»Dieser Farn mit seinen gelblichen Blättern trägt den lateinischen Namen *Tanacetum vulgare*. Er wird im Volksmund auch *Kompasspflanze* genannt und richtet sich stets in Richtung Süden aus. Wissenschaftler vermuten, dass er auf diese Weise die Verdunstung vermindert – also nicht so viel Wasser abgibt und daher auch nicht so viel Wasser aufnehmen muss.«

Jetzt ist der Moment gekommen, wo sie mich anbeten müssten. Aber das passiert nicht, denn meine Schwester sagt: »Okay. Die Zeichnung von Nerd ist in Ordnung. Und weil der Schatz im Süden liegt, müssen wir genau da hochklettern.«

Schneckenschmodder und Tollkirschen

Kurz darauf stehen wir vor dem Hang, auf den eben noch Sarahs Zeigefinger gezeigt hat. Das Problem: Es gibt keine Treppen in der Natur. Natur ist prinzipiell unbequem! Deshalb mag ich sie nicht! Ich gehe davon aus, dass auch Ameisen keine Natur mögen, sonst würden sie keine Ameisenstraßen bauen.

»Geh du voran, Nerd!«, entscheidet Sarah.

Ich steige die ersten Felsen hinauf. Das ist nicht so leicht wie in Minecraft. Da hüpfe ich problemlos von Block zu Block, habe Tastatur, Cursor, Befehle; hier bin ich auf Füße, Muskelkraft, meine Hände und meinen Willen angewiesen. Alles ist im Spiel so spielerisch leicht. Hier ist es anders. Der Fels wird steiler. Ich halte mich am Unkraut in den Felsspalten fest. Falls ich abrutsche, falle ich auf Darwin, der fällt dann auf Nerdine, Nerdine auf meine Schwester und diese auf Rick. Vermutlich würde Rick zuletzt auf Otto plumpsen. Der wäre dann platt wie ein Samsung Galaxy mit Haaren.

»Beweg dich, Nerd!«, drängt mich Darwin.

»Ich muss erst oben Halt finden!«

Er drückt meinen Po nach oben, schiebt mich hoch. Ich recke und strecke mich. Meine Fingerspitzen krallen sich endlich oben auf dem Felsen in etwas Weiches. Mein Gesicht ist nah am Moos, das den Stein wie ein Teppich bedeckt. Darin leben garantiert mehr Einzeller als in ganz China Chinesen. Meine Finger tun weh und meine Bizepse sind zum Bersten angespannt. Es gelingt mir jedoch, das rechte Bein oben auf den Felsen zu schwingen. Dann ziehe ich meinen Körper hoch und geschafft! Ich bin der erste Nerd, der je eine solche Felswand bezwungen hat. Zu meinem Entsetzen sehe ich allerdings, woran ich mich hier oben festgekrallt habe: Nacktschnecken! Eine ganze Kolonie Nacktschnecken hat sich am Rand des Tals gesonnt. Und ich habe meine Finger in sie gebohrt. Igitt. Schneckenschleim! Ich will eine Dusche!

»Was ist, Nerd!?«, stöhnt Darwin von unten.

Ich schiebe den Schneckenschmodder mit einem Stöckchen zur Seite, lege mich an die Felskante und strecke Darwin die Hand entgegen. Er legt seine Hand in meine, aber er flutscht mir fast durch die Finger.

»Mensch, Nerd. Pass auf!«

»Ich kann dich schlecht halten. Hab Schneckenschleim an der Hand.«

»Wasssss!« Er schaut mich mit seinen riesigen blauen Augen an.

Ich drücke seine Hand noch fester und ziehe ihn zu mir hoch. Darwin ist erstaunt von meiner Kraftexplosion.

Jetzt sind wir zu zweit hier oben, dann zu dritt, und schließlich hocken wir alle am Rand des Tales und lassen die Beine baumeln. Die Sonne scheint hinunter auf den glitzernden See. Nerdine sitzt neben mir, sie trägt ebenfalls Wanderschuhe von Bushwalk, braunes dickes Leder und hoch geschnürt, damit der Fuß einen festen Halt hat.

»Gut, dass unsere Brillen noch heile sind«, sagt sie und lächelt wie die Sonne.

»Eigentlich brauche ich keine Brille«, antworte ich

»Warum trägst du dann eine?«

»Ein Nerd ohne Brille ist doch kein echter Nerd.«

»Das meinst du nicht ernst? Oder?«

»Natürlich nicht. War nur ein Scherz. Ohne meine Brille bin ich blind wie ein Maulwurf. Ich hab schon mal Kontaktlinsen ausprobiert.«

»Und?«

»Die waren so dick, dass ich die Augen nicht mehr schließen konnte.«

»Wir müssen weiter«, sagt Sarah. »Sonst schnappen sich die anderen den Schatz.«

Rick meint: »Ach, die latschen doch erst einmal zum Zeltlager und übernachten da.«

»Trotzdem dürfen wir keine Zeit verlieren«, erklärt Darwin. »Sarah hat recht.«

Vor uns liegen die Berge, einige weit entfernte Gipfel und Hänge sind schneebedeckt. Dass oben auf den Bergen Schnee liegt, ist logisch, denn die Luft kühlt sich pro hundert Metern

Höhenunterschied um ein Grad ab. Wenn es also hier unten X Grad warm ist, dann ist es 200 Meter höher nur noch X Grad minus 2 Grad warm. Das liegt wieder daran, dass die Luft dünner ist, je höher man kommt. Und dünne Luft kühlt sich stärker ab als dicke. Ich weiß das, aber ich war noch nie so hoch in den Bergen. Es ist wunderschön. Warum ich das wunderschön finde, weiß ich nicht. Jedenfalls scheint die nachmittägliche Sonne glitzernd auf das Schneeweiß.

»Schön«, kommentiert Nerdine. Ihre Schulter berührt kurz die meine. Es kribbelt in meinem Bauch – und das nicht vor Hunger!

»Ja«, sage ich.

Ich gehe mit ihr über die Wiese. Ich habe gelesen, dass die Sinne geschärft sind, wenn du verliebt bist. Die Farben erscheinen einem dann intensiver. Ich überlege, ob die Butterblumen gelber oder die Farne grüner sind. Ich kann mich aber nicht festlegen, spüre lediglich den Drang, Nerdines Hand zu halten, tue dies jedoch nicht, weil ich Händehalten prinzipiell nicht mag.

Unser Weg führt uns direkt zum Wald. Er verschluckt uns, wie der Wal das Plankton. Wir sind nur winzige Punkte in dieser unendlichen Natur. Das Kribbeln in meinem Bauch geht einfach nicht mehr weg. Genau wie Nerdine, die neben mir läuft.

Es gibt hier nicht nur Fichten, sondern auch Stellen, an denen Laubbäume wachsen. Das ist ungewöhnlich. Vor allem in diesen Höhenlagen. Normalerweise müssten die Bäume auch schon etwas kleiner im Wuchs sein. Ob wir uns verlaufen haben? Rick und Darwin spekulieren, wo wohl unsere Klassenkameraden sind. Sarah fällt ihnen ins Wort: »Hinter uns. Der Weg über den Fluss war eine gewaltige Abkürzung.«

Rick meint: »Wir werden auf alle Fälle als erste den Schatz finden.«

»Ob es der Ring vom alten Burgherren ist?«, fragt sich Darwin laut.

Sarah hält das alles für: »Hokuspokus. Das kann nicht sein. Eher treffen wir noch auf diesen Rüdiger von und zum Finsterwald, von dem ihr mir erzählt habt, mit seinem Ziegenbärtchen, der angeblich durch die Wälder spukt, obwohl er schon seit Jahrhunderten tot sein müsste.«

»Du glaubst wohl an gar nichts?«, sagt Nerdine.

»Ich bin mir nicht mal sicher, ob das mit dem Ring stimmt. Das klang für mich wie eine Legende.

»Egal ob Legende oder nicht, ich will den Ring«, sagt Darwin. Für ihn scheint festzustehen, dass der Schatz der Ring ist.

Er ruft: »He, guckt mal! Da wachsen schwarze Beeren.

»Das sind Tollkirschen!«, warnt ihn Nerdine.

»Toll, Kirsche!«, ruft Darwin freudig. »Endlich was zu mampfen!«

Menschen wie Darwin haben viel Muskulatur und daher viel Hunger, Menschen mit wenig Muskulatur haben weniger Hunger. Das ist ein Naturgesetz.

Darwin ruft: »Ich liebe Kirschen!«

»Die sind giftig!«, warnt ihn Nerdine.

»Ihr Nerds habt doch nur vor allem Schiss! Ihr könnt nicht mal Milch trinken, ohne danach zu furzen.«

Ich verteidige Nerdine: »Tollkirschen sind wirklich giftig. Der Name *Kirsche* ist irreführend. Schon das Wort *toll* in *Tollkirsche* weist auf die Giftigkeit der Frucht hin. Es ist wie das Wort *toll* in *Tollwut*. Früher bedeutete das Wort *toll* nicht *gut* oder *klasse*, sondern hieß *verrückt*. Er ist *toll*, bedeutete damals, dass jemand *verrückt* ist. Und wer *Tollwut* hat oder *Tollkirschen* isst, der reagiert nicht normal, sondern verrückt. Deshalb …«

Darwin will die Wahrheit nicht hören und unterbricht mich grob: »Klugscheißen ist wohl dein Hauptfach! Du und Pickelgesicht habt jetzt mal Funkstille.«

Warum erwähnt er das mit dem Pickel? Nerdine hält sich sofort die Hand davor. Er hat doch selbst welche auf dem Rücken.

Darwin redet weiter: »Ich ess jetzt jedenfalls diese Kirschen und damit basta!«

Doch dazu kommt es nicht, denn Sarah schlägt sie ihm genervt aus der Hand. »Reiß dich gefälligst zusammen. Und lass meinen Bruder in Ruhe. Wir brauchen ihn! Schließlich hat er ein Gedächtnis wie Google!«

»Ich geh höchstens weiter, wenn hinter der nächsten Tanne ein Mäckes auf mich wartet«, stellt Darwin bockig fest und verschränkt seine Arme: »Soll uns doch dein Superhirn von Bruder was zum Essen schießen. Ansonsten machen wir hier Lager!«

Rick sieht das genauso. Er will auch nicht weiter. Darwin und Rick sind sich selten einig, aber jetzt sind sie es.

Leider!

Denn ich will hier nicht bleiben. Mitten im Wald! Nichts als Bäume und Moose sind hier. Überall lauern Zecken. Und nachts klettern mir garantiert Ameisen in den Schlafsack. Dabei fällt mir ein, dass ich gar keinen Schlafsack dabei habe. Das geht nicht!

Der Robin Hood der Loombänder

»... zum Essen schießen!«, hat Darwin gesagt.

Ich muss an die Eibe denken, an der wir eben vorbeigekommen sind.

Rick pflückt eine Ameise von seinem Turnschuh, die gerade darüberkrabbeln wollte. Ich mag keine Ameisen. Aber ich respektiere sie. Schließlich wird die gemeine Waldameise

dreizehn Jahre alt. Dies entspricht etwa dem Durchschnittsalter eines Hundes oder einer Katze. Sie machen Erfahrungen im Laufe ihres Lebens, genau wie wir Menschen. Als Rick sie jetzt auf seinem Handteller zerdrücken will, sage ich schnell: »Okay, Rick. Ich schieße dir und Darwin mit Pfeil und Bogen ein Stück Fleisch. Dafür brauche ich nur den Ast einer Eibe.«

»Hä? Warum?« Rick schnippt die Ameise weg und verschränkt trotzig die Arme vor der Brust.

»Weil er es dir sagt«, faucht Sarah. »Und jetzt troll dich,

Rick. Besorg einen Stock. Sonst flippt Darwin noch aus. Er hat Hunger!«

Schon ist Rick unterwegs. Ich bin mir nicht sicher, ob er überhaupt weiß, was eine Eibe ist.

Ich schaue auf Darwins Loomkette mit dem Herzchen und frage meine Schwester: »Kann man Loombänder wieder auseinandernehmen?«

»Denk gar nicht daran! Ich habe die Kette und den Anhänger extra für Darwin geloomt.«

»Wir könnten daraus die Sehne für einen Bogen machen.«

Darwin zieht sich sofort die Kette über den Kopf. »Gute Idee, Nerd!«

Sarah ist entsetzt über ihren Freund: »Du willst doch nicht meine Kette zerstören?«

Darwin ist schon mit Feuereifer dabei, während Rick mit dem Stock zurückkehrt. Tatsächlich ist es der Ast einer Eibe, den ich sogleich biege. Ich muss ihn ein wenig elastisch machen. »Die Eibe ist einfach am besten für Bögen geeignet.«

»Woher weißt du das?«, fragt mich Nerdine, die ein paar gerade Stöcke für Pfeile aufliest.

Ich sage: »Robin Hood hatte auch einen Bogen aus Eibenholz.«

»Robin Hood«, wiederholt Darwin. »Find ich gut. Das ist doch der Räuber aus der hood.«

Robin Hood und die *hood*

Der legendäre englische Geächtete Robin Hood soll im 12. Jahrhundert die Wälder des englischen Sherwood Forest unsicher gemacht haben. Er stand unter dem Schutz der Waldgeister – unter deren hood, *wie man im Englischen sagt. Auch im Deutschen gibt es ein ganz ähnliches Wort wie* hood, *es kommt in Begriffen wie* Obhut *vor.*

Robin Hood stand speziell unter der Obhut von Waldgeist Robin Goodfellow, der sich schon ewig über die bösen Leute lustig machte und den guten Menschen aus der Not half. Wir wissen aus der Legende, dass Robin Hood eine Kapuze trug.

Heute werden im Englischen solche Kapuzen oder Kappen ohne Krempe auch hood *genannt. Mit* hood *wird aber auch die Motorhaube, die Nachbarschaft, der Gangster oder das Ghetto bezeichnet und manche sprechen sogar von ihrer* hood, *wenn sie die Schule meinen. Die Kapuze von Robin Hood war der Legende nach grün,*

damit kein Sheriff den guten Räuber im Grün des Waldes finden konnte. Die Kappe erinnert deshalb ein wenig an die Tarnkappen. Die bekamen übrigens auch nur Leute, die mit den Geistern in engem Kontakt und damit unter ihrer hood *(Obhut) standen.*
Robin Hood hat es übrigens nie gegeben!
Auch all seine Kumpane sind erfundene Kerle, die den Reichen das Geld wegnahmen, um es den Armen zu geben.

Rick meint: »Aber ich habe den Robin-Hood-Film gesehen. Da haben die nichts von Eibenbogen erzählt.«

Ich sage: »Kann sein. Das mit dem Eibenbogen kannst du aber in der Legende nachlesen. Robin Hood hat damit auf 70 Meter ein Eurostück genau in der Mitte getroffen.«

»Das hast du gelesen?«

»Nicht das mit dem Euro, aber sonst stimmt alles.«

Rick kratzt sich am Schädel. Denkt er etwa darüber nach, ob sich Lesen doch lohnt?

Ich knote die Loombänder aneinander und spanne sie in vierfachen Strängen auf den Eibenstock. Robin Hood hatte noch keine Loombänder, aber er hätte sie garantiert auch zur Jagd benutzt. Der Bogen ist jedenfalls fertig. Selbst wenn er mit seiner rot-rosa-hellblauen Sehne aus Looms merkwürdig aussieht.

»Gib mir mal.« Sarah legt einen Pfeil ein, zielt und schießt.

Der Pfeil saust zwischen die Bäume und bleibt zitternd im Moos stecken. Mit solch einer Spannkraft der Looms hätte ich nicht gerechnet.

»Gut«, sagt sie. »Wenn du schon mein Herz für diesen Bogen zerstört hast, soll er wenigstens als Waffe seinen Zweck erfüllen. Lass uns was zum Essen schießen.«

Nun wird es schwierig. Denn egal wie spitz Sarah die Holzpfeile auch mit dem Messer spitzt, ein Wildschwein oder ein Reh lässt sich damit schwer erlegen. Außer wir treffen das Schwein direkt ins Auge und es läuft daraufhin so lange im Kreis, bis es einen Herzinfarkt bekommt und tot umfällt. »Psst«, unterbricht Sarah meine Gedanken. »Hört ihr?«

Jetzt sehe ich auch das Eichhörnchen.

Sie legt kurz entschlossen den Pfeil ein und zieht ab.

»Nein!«, schreit Nerdine noch.

Doch das Eichhörnchen fällt schon durchbohrt vom Baum. Sarah hat es getroffen. Unglaublich. Meine Schwester ist ein Genie und sie ist brutal.

Sie befiehlt Otto: »Hol Hörnchen!«

Der rast los, packt das Eichhörnchen vorsichtig mit der Schnauze. Aber er bleibt dort hinten am Baum stehen, schaut zu uns hinüber, legt das Eichhörnchen ab, schaut noch einmal zu uns und frisst dann happs, happs, happs das Eichhörnchen auf. Dann schaut er zu uns hinüber, seine Zunge

schleckt noch einmal um sein Maul.

Jetzt bringt er uns stolz den Pfeil zurück.

»Brav, Otto. Ganz brav«, sagt Sarah und tätschelt ihm den Kopf. »Bist ein guter Hund. Bringst uns das Stöckchen zurück.«

Keiner von uns traut sich etwas zu sagen. Nur Darwins und Ricks Mägen knurren im Takt einer Melodie, die an das Brummen von kongolesischen Killerbären erinnern.

Darwin schaut Otto tief in die Augen.

»Guck Otto nicht so an«, befiehlt Sarah.

»Er hat das Eichhörnchen gefressen. In ihm sind also ein Eichhörnchen und eine ganze Packung Lakritzschnecken. Wenn wir ihn …«

»Denk gar nicht daran.« Sarah haut ihm mit dem Pfeil auf die Schulter. »Und du, Nerd: Sag uns, was wir tun sollen.«

Ich weiß es nicht.

Ich weiß nur, dass ich auf keinen Fall hier im Wald übernachten möchte. Ich muss also die anderen dazu motivieren, weiterzuziehen, und sage: »In diese Richtung ist Süden. Wir sollten vor Sonnenuntergang eine Lagerstelle gefunden haben. Schließlich gibt es hier in der Gegend manchmal Bären und Wölfe.«

Das mit den Bären und Wölfen habe ich mir gerade ausgedacht, aber Angst scheint mir der beste Motivator für Rick und Darwin zu sein!

Blumensalat mit ganz viel Vitamin C

Glücklicherweise finden wir nach etwa einer Stunde Fußmarsch eine Lichtung mit Wiese, durch die ein Flüsschen plätschert. Für Trinkwasser ist damit auch gesorgt. Alle sind erleichtert. Ihr hört also: Euer Nerd hat nicht nur die Führung der Expedition übernommen, sondern auch gute Laune ohne WLAN und Handy verbreitet! Sogar die Berge mit ihren schneebedeckten Hängen sind wieder in der Ferne zu sehen. Und ich spüre, dass ich mich mehr und mehr durchzusetzen weiß. Erst habe ich sie aus dem Wald geführt, und jetzt vertrauen sie mir, schauen mich respektvoll an.

Ich sage: »Hier ist unser Lagerplatz.«

Wir lassen uns wenige Meter vom Wasser entfernt nieder.

»Zu Essen haben wir auch genug«, sagt Nerdine.

»Wo?!«, rufen Darwin und Rick wie aus einem Mund. Sie

suchen nach dem großen gelben »M« für Mäckes oder einer Dönerbude.

Nerdine meint: »Na, die Blumen. Sie bieten uns Nahrung.« Flugs pflückt sie Gänseblümchen, Butterblumen und Löwenzahn. Und bereitet uns im Handumdrehen einen Wald- und Wiesensalat. An Darwins und Ricks Mienen kann ich ablesen, dass sie keine Lust auf Wiese haben. Ich habe auch noch nie Blumen gegessen, aber finde es ganz okay. Es schmeckt wie normaler Salat. Nur der Löwenzahn ist ein bisschen bitter.

Nerdine erklärt uns, wie wertvoll all die Pflanzen sind: »Gänseblümchen enthalten sieben Mal mehr Vitamin C als Kopfsalat. Im Labor habe ich versucht, Gänseblümchentabletten herzustellen, die sich einfach in heißem Wasser auflösen lassen.«

Rick spuckt den Salat aus: »Ich hasse den Karnickelfraß. Wenn ich das mampfe, wachsen mir heute Nacht garantiert Riesenwürmer aus dem Hintern!«

Meine Schwester schaut ihn vernichtend an. »Halt die Klappe, Rick. Du kriegst höchstens Fuchswürmer.«

»Fuchswürmer?«

»Na, ab und an koten Füchse auf Pflanzen und übertragen so den

Fuchswurm«, erklärt sie zwischen zwei Butterblumen.

»Willst du mir damit sagen, ich habe gerade eben Fuchskacke gegessen?«

»Wenn du einen Fuchswurm hast, wirst du es früh genug merken.«

»Ich hab Bauchschmerzen«, erklärt Rick. Er scheint einer von den Jungs zu sein, die schon bei der Einnahme eines Zäpfchens Raketendurchfall bekommen und beim kleinsten Schnupfen denken, sie hätten einen tödlichen Grippevirus, der sie direkt in die Grippevirushölle bringt. Solche Menschen werden von Ärzten *Hypochonder* genannt.

Offizieller Hypochonder-Test

Wer wissen will, ob er ein Hypochonder ist, kann den folgenden Test ausfüllen. Dazu muss er nur die Punkte addieren.

Situation: Dein bester Freund hustet!

- a) *Du hustest ebenfalls, damit er sich nicht alleine fühlt. (2 Punkte)*
- b) *Du hast sofort Atemnot, aber 112 auf der Kurzwahltaste. (3 Punkte)*
- c) *Du bittest ihn: »Huste mich an. Ich will auch nicht zur Schule.« (1 Punkt)*

Situation: Deine Tante gibt dir einen nassen Kuss auf den Mund!

a) *Du küsst sofort deine Schwester und reichst die Bakterien weiter. (1 Punkt)*
b) *Du übergibst dich. (2 Punkte)*
c) *Du desinfizierst deinen Mund und wirfst die Tante aus dem Fenster, damit sie nichts mehr in deiner Wohnung infizieren kann. (3 Punkte)*

Situation: Dein Fingernagel ist abgebrochen!

a) *Du kaust die anderen Nägel auch kurz. (2 Punkte)*
b) *Du gehst ins Studio und lässt dir einen neuen Nagel kleben. (1 Punkt)*
c) *Du denkst darüber nach, wer deinen Schminkkoffer oder deine Wii erben soll. (3 Punkte)*

Situation: Du schaust die Fußball-WM. Der deutsche Mittelstürmer wurde im Strafraum gefoult – und hat sich einen Bänderriss zugezogen!

a) *Du nimmst sofort deinen Ball, gehst elf Meter weit weg und ballerst ihn gegen den Fernseher. Dann jubelst du laut »Toooooor« und »Deutscheland! Deutscheland! Deutscheland!« (1 Punkt)*

b) *Du krümmst dich im Fernsehsessel vor Schmerzen. (3 Punkte)*

c) *Du sagst deinen Eltern, dass du morgen nicht zur Schule kannst, weil dir der Fuß wehtut. (2 Punkte)*

Situation: Dein Freund/in hat Spliss in den Haaren!

d) *Du suchst sofort einen Splissologen (Spliss-Arzt) auf. (2 Punkte)*

e) *Du rasierst dir mit dem Achselhaar-Rasierer deiner Mutter den Kopf, damit sich der Spliss nicht auf dein Haar übertragen kann. (3 Punkte)*

f) *Du magst Spliss, weil du so viel mehr Haare hast. (1 Punkt)*

Wie sehr bist du Hypochonder?

5–9: Du bist kein Hypochonder und musst keine Angst haben, dich damit anzustecken. Probier ruhig mal Pfützenwasser.

10–13: Du magst keine Krankheiten, kannst aber auch mit Bakterien und Viren zusammenleben.

14–15: Kauf dir ein Antivirenprogramm und meide den Kontakt mit Menschen. Oder schweiß dich in Klarsichtfolie ein.

Rick erreicht auf jeden Fall 15 Punkte, denn er ist der Totalhypochonder! Darwin verhöhnt ihn sofort mit »Memme«, »Jammerlappen« und »Warmduscher«. Es kommt zur Klopperei, wobei sich die beiden hin und her wälzen. Darwin gewinnt, weil er

Rick mit letzter Kraft eine Gänseblume in den Mund stopft. »Nimm das. Jetzt werden wir gemeinsam sterben!«

Über die Prügelei hat Rick seine Bauchschmerzen völlig vergessen. Für Totalhypochonder scheint eine Prügelei gut, weil sie das Kämpfen von ihrer Krankheit ablenkt.

So sitzen wir erneut im Kreis und essen Blätter und Stängel. Otto schmiegt sich an meine Schwester und schaut sie treu an. Sarah hält ihm ein Gänseblümchen vor die Schnauze. »Guck mal. Ganz viel Vitamin C. Fast so viel wie in deinen Lieblingsbonbons.«

Prompt beißt Otto zu und muss würgen. Das Blümchen will wohl nicht seine Kehle herunterrutschen. Er versucht es auszuspucken, dann würgt Otto. Schließlich nimmt ihn meine Schwester am Nacken und rüttelt ihn. Otto jault, dann ist er ruhig. Er hat das Blümchen geschluckt.

»Braver Otto«, sagt Sarah. »Er liebt mich. An dem könntest du dir ein Beispiel nehmen, Darwin.«

Rick spottet sofort drauf los: »Ja, Darwin. Nimm dir ein Beispiel an dem Köter. Du Schoßhündchen, du. Höhöhö!«

»Lach nicht so dämlich!« Darwin stürzt sich erneut auf Rick. Wieder ringen die beiden. Es ist unerträglich.

UNERTRÄÄÄÄÄGLICH!

Ich schreie: »Ich halt es nicht mehr aus! Schluss jetzt!«

Alle starren mich erstaunt an!

Rick zieht sogar seinen Finger aus Darwins Nase, während

Darwin seine Faust aus Ricks Mund nimmt. Und die Bienen hören auf zu summen, die Ameisen auf zu arbeiten, selbst die Fische schwimmen nicht mehr im Fluss sondern schauen zu mir rüber. Und ich sage: »Wollt ihr etwa die Nacht ohne ein Dach über dem Kopf verbringen?«

Nein, das will keiner.

Ich drücke mit dem Zeigefinger die Brille fester gegen mein Nasenbein. »Dann solltet ihr jetzt gut zuhören.«

Ricks und Darwins Augen sind groß und rund und erwartungsvoll wie die von Spongebob und Patrick, wenn Mr. Krabs etwas sagt. Ich fühle mich gut, denn in Nerdines Augen sehe

ich den Glanz der Bewunderung. Offenbar findet sie mein schlichtes Bestimmerverhalten gut. Ich ändere also mein Verhalten nicht, sondern schicke nun Rick, Sarah, Darwin und Nerdine zum Waldrand. Sie sollen Stöcke und Holz für eine Hütte sammeln.

»Und was machst du?«, will meine Schwester wissen.

»Gute Frage, Sarah. Ich möchte sie nicht durch eine Antwort kaputt machen.«

Es dauert eine Sekunde, dann lachen Rick und Darwin über Sarah. Es ist so leicht, sie zu manipulieren. Sobald ich jemanden lächerlich mache, lachen sie ihn aus. Dieses Verhalten sitzt ganz tief im Mobber.

Darwin befehle ich: »Gib mir dein Messer.«

Euer Nerd übernimmt das Kommando

Ich stapele ein paar trockene Blätter übereinander. Eigentlich fasse ich nicht gerne trockene Blätter an, weil sie so knistern, und genau dieses Knistern gefällt mir nicht.

Es schmerzt in den Ohren wie Tafelkratzen. Doch nun ist es notwendig und ich lasse die Strahlen der Sonne durch das Glas meiner Brille auf die Blätter niederbrennen. Es dauert nicht lange, da glimmt ein kleines Feuer. Ein paar trockene Stöcke weiter und schon habe ich ein Lagerfeuer. Das war höchste Zeit, denn die Schatten der Bäume sind lang und reichen bis hier auf die Lichtung.

Während die anderen nach meiner Anleitung eine kleine Hütte aus Holz, Ästen und Stroh bauen, sitze ich am Fluss und spitze einen Stock mit dem Schweizer Messer an. Ich habe noch nie einen Stock gespitzt. Aber es ist nicht so schwierig, wie ich dachte. Vielleicht ein bisschen schwieriger als Bleistiftespitzen.

»Kommst du mal, Sarah?!«, rufe ich meine Schwester.

Sie verlässt die anderen und setzt sich neben mich.

»Nimm den, bitte!« Ich gebe ihr den Stock.

»Was soll ich damit?«

»Halt die Spitze leicht ins Wasser. So wird der Fisch den

Speer nicht als Bedrohung wahrnehmen, wenn er gleich darunter her schwimmt.«

»Soll ich damit einen Fisch aufspießen?«

»Richtig. Jetzt in der Dämmerung kriegen wir sie am leichtesten.« Ich schaue auf einen der grün schimmernden Fische.

»Warum machst du es nicht selbst?«

»Du bist schnell und hast kein Mitleid. Du wirst zustechen, wenn sich die Chance ergibt.«

Meine Schwester grinst. »Tja, Nerd. Ohne mich läuft nichts.«

Sie fühlt sich jetzt wichtig. Das ist gut so. Das nennt sich *Motivation*. Nicht zu verwechseln mit der *Muttivation*. Die gibt es nur, wenn deine Mutter dir sagt, dass du das Zimmer aufräumen oder Schularbeiten machen sollst.

Ich hab mal gelesen, dass sich ein guter Chef dadurch auszeichnet, dass er die Menschen in seiner Umgebung einzuschätzen und einzusetzen weiß. Dabei achtet er stets darauf, dass die Mitarbeiter glauben, sie seien wichtig. Er klopft dem Mitarbeiter ab und an auf die Schulter und sagt Sätze wie: »Das haben Sie ganz prima gemacht.« Oder: »Ohne Sie wären wir hier verloren.«

Dann wollen sie weiter und weiter arbeiten und machen ihre Arbeit gut.

»Da ist ein dicker Fisch«, sagt Sarah.

»Zu weit weg. Abwarten. Wenn er direkt unter der Spitze des Stocks ist, stichst du zu, denn du bist treffsicher und schnell.«

Wieder freut sich meine Schwester über das Lob. Ich müsste jetzt meinen Arm um ihre Schulter legen, um gutes Führungsverhalten zu zeigen. Aber ich mag keine Berührung.

Die anderen sind schon fast fertig mit unserer Behausung. Sie sieht aus wie ein Indianer-Tipi. Nur dass die Außenwände aus Stöcken und Stroh bestehen und nicht aus Fellen wie bei den Sioux-Indianern.

»Jetzt!«, sage ich.

Sarah stößt blitzschnell den Stock ins Wasser und spießt den Fisch auf. Der zappelt noch kurz. Dann ist es aus mit ihm Er ist zwar nicht besonders groß, aber wir fangen auf diese Weise noch fünf weitere Fische bis zum Einbruch der Dunkelheit.

Bald schon brutzeln sie an einem Stock über dem Feuer und über uns leuchten die Sterne. Die Luft ist lau und das Feuer knistert beruhigend. Das ist ein ganz anderes Knistern als das der trockenen Blätter.

»Dich kann man brauchen«, lobt mich Darwin. Dabei hält er seinen Fisch noch dichter über die Flamme. »Ich hätte nicht gedacht, dass du so viel über die Natur weißt und auch noch Mumm hast.«

Ich weiß nicht, warum er das zu mir sagt. Vermutlich will er mich ebenfalls motivieren. Aber wozu? Damit ich ihm weiter Befehle erteile? Es gibt Menschen, die mögen es, wenn sie Befehle erhalten. Soldaten zum Beispiel. Sie können sich dann leichter orientieren und müssen nicht so viel selbst denken. Wenn du einem Soldaten sagst, dass er schießen soll, so schießt er.

Alle sind wieder still. Jeder kaut an seinem Fisch. Es ist eiweißhaltig und äußerst nahrhaft. Das Gute an Fischen ist, dass du jeden Fisch essen kannst, ohne dir den Magen zu verderben. Lediglich die Eingeweide müssen dazu entfernt werden, Sarah hat dies gerne getan. Obwohl sie mich kritisch angeschaut hat, als ich ihr sagte: »Du kannst die Fische ganz toll ausnehmen.«

So habe ich mir immer schon ein Lagerfeuer erträumt. Das ist wie in einem guten Cartoon, wenn all die Helden beisammensitzen. Oder die Hobbits sich am Ende gegen-

seitig das Haar kraulen. Oder Asterix und Obelix sich beim Bankett die Bäuche voll schlagen und der Barde geknebelt ist und nicht mehr singen kann.

Darwins Handy klingelt!

Panisch fasst er in seine Jackentasche und zieht es daraus hervor. Wieso klingelt es? Hat das Wasser doch nicht alles zerstört? Ist noch ein Funken Leben in der Elektronik?

»Es ist das Ortungssystem«, sagt Sarah. »Irgendwer sucht nach dem Handy.«

»Echt? Nach mir wird gesucht?« Darwin gefällt der Gedanke, vermisst zu werden. Jedenfalls strahlt er. »Ist ja super. Und warum klingelt es?«

»Weil die Person, die dein Handy ortet, es hat klingeln lassen. Das kann derjenige nur von einem Computer aus steuern.«

Ich pflichte meiner Schwester bei. »Das stimmt. Es könnten deine Eltern sein.«

Darwin winkt ab: »Meine Mutter kann so was nicht.«

»Dann sind es die Lehrer«, meint Sarah.

»Die Lehrer suchen mich?«

Wieder klingelt das Handy. Diesmal ruft jemand an.

»Geh ran«, befiehlt meine Schwester. Sie ist aufgeregt.

»Hallo?«, spricht Darwin ins Handy. Dann sagt er erfreut zu uns: »Es ist Ritter Sport. Er vermisst mich.«

Meine Schwester wendet die Augen gen Himmel. Es ist ihr wohl peinlich, dass ihr Freund so eingebildet ist. Darwin spricht wieder ins Handy: »Ja, wir sind alle gesund, keiner verletzt … Sie können sich auf mich verlassen … Nein, wir kommen nicht zum Lagerplatz. … Warum? Weil ich nicht den Lagerplatz will, sondern den Schatz … Ja, wir sind zusammen … Wo wir … Hallo? Hallo?«

»Was ist?« Sarah sieht ihn fragend an.

»Kein Akku mehr oder Funkloch«, erklärt Darwin. »War sowieso schlechter Empfang.«

»Was hat Ritter Sport gesagt?«, erkundigt sich Sarah.

»Er wollte wissen, wo wir sind.«

»Warum wollte er das wissen?«, frage ich.

Alle schauen mich verdutzt an. Ich erkläre: »Ja, wenn er uns eben geortet hat, dann weiß er doch, wo wir jetzt sind. Das wäre logisch.«

»Was sollen wir tun?«, fragt mich meine Schwester.

Ich überlege. Egal, was ich jetzt sage, sie werden es tun. Ich bin eindeutig der Kopf der Gruppe. Also drücke ich meine Schultern nach hinten, setze mich aufrecht, schiebe die Brille fester auf meine Nase und sage bestimmt:

»Wir werden die Nacht hier verbringen. Morgen schauen wir weiter. Sie werden ganz sicher kommen, um uns hier abzuholen.«

»Ich will nicht abgeholt werden. Ich will erstmal den Schatz«, erklärt Darwin. »Danach können sie mich abholen.«

»Rede keinen Blödsinn«, entgegnet ihm Sarah. »Nerd glaubt, dass sie uns abholen werden, und dann kommst du auch mit.«

Rick jedoch will ebenfalls lieber den Schatz. Dabei vergräbt er seine Hände vorn in der Bauchtasche des Sweaters, weil er sich nicht so recht traut, etwas gegen Sarah zu sagen.

Erst als ich sage, dass wir morgen nichts zum Frühstück haben, wollen beide auch gerne gerettet werden.

Wir kriechen also alle in unser Tipi. Nerdine legt sich direkt neben mich. Ich kann sie in meinem Bauch spüren. Sie löst ein Beben aus. Das Feuer flackert draußen. Es ist deutlich durch die Strohwand unseres Tipis zu sehen. Der Schrei einer

Eule in der Ferne und ein Jaulen sind zu hören. Ob da irgendwo Hunde sind, die zum Vollmond hinaufblicken? Otto jault ebenfalls, bis meine Schwester sagt, er soll die Schnauze halten.

»Gibt es eigentlich wirklich wieder Wölfe hier in der Gegend?«, flüstert mir Nerdine ins Ohr. Noch nie war mein Herz so nah bei ihr. Auch nicht, als wir uns damals an der Kühltruhe in der Kantine unserer Schule geküsst haben.

»Nein«, flüstere ich zurück. »Ich habe es nur erzählt, damit Rick und Darwin nicht auf die Idee kommen, mitten im Wald zu campieren.«

»Ach, ich dachte schon, sie hätten hier Wölfe ausgewildert. Ich glaube, mich nämlich daran erinnern zu können, in der *Natur* etwas darüber gelesen zu haben.«

»Wir sollten jetzt schlafen«, unterbricht uns Sarah.

Darwin, Rick und Otto schnarchen schon.

Bald schlafen auch Nerdine und meine Schwester.

Nur ich liege wach im Tipi. Ich drehe mich zu Nerdine, betrachte ihr Gesicht, ihre stupsige Nase. Sie trägt auch nachts Brille und hat ihre Jacke zugezogen. Ich liege einfach zu dicht neben ihr und denke an den Rettungshubschrauber, der uns morgen retten wird. Wie sollten wir uns verhalten? Den internationalen Regeln gemäß müssen wir uns auf die Wiese stellen und die Arme nach oben strecken. Somit bilden unsere Arme und Hände die Form eines Y, also den ersten Buchstaben des Wortes *Yes*. So weiß der Pilot, dass wir gerettet werden wollen. Ich schließe die Augen. Ich muss schlafen.

Mitten in der Nacht schrecke ich auf.

»Was ist?«, will Darwin wissen.

»Woher weißt du, dass ich wach bin?«

»Weil du zusammengezuckt bist. Ich höre alles und ich spüre alles. Ich kenne dich. Schließlich warst du mal mein Opfer.«

Ich erkläre: »Ich dachte, ich hätte draußen ein Knacken gehört.«

»Ob es ein Bär ist?«, fragt Darwin.

Es knackt wieder draußen!

Meine Schwester ist jetzt auch wach und befiehlt Darwin: »Guck nach, was da los ist. Egal ob Bär oder Wolf, zieh ihm das Fell über die Ohren.«

Das Wort ›Wolf‹ weckt sofort Otto, der losknurrt. »Ganz ruhig. Keiner zieht dir das Fell über die Ohren.« Sarah streichelt ihm über den Kopf.

Ich höre Rick fragen, was los sei, Darwin sagen, dass Rick ruhig sein soll, und dann regt sich Nerdine neben mir.

Ich sage: »Schlaf weiter. Wir haben alles im Griff.«

Sie dreht sich um. Doch dann schreit sie laut auf. »Augeee-een! Da sind Augen!!!«

»Ein Bär!«, schreit Darwin.

Und Nerdine klammert sich an mich. »Ich habe die Augen gesehen.«

Ich sage: »Ich gehe da jetzt raus.«

Im nächsten Moment bin ich schon draußen. Euer Nerd steht alleine auf einer Wiese in der Nacht vor einem Tipi bei Vollmond und soll einen Bären verscheuchen. Jetzt muss ich logisch denken. Es ist Nacht und die Sinne eines Nerds sind in der Nacht dazu ausgelegt, vor einem Bildschirm zu sitzen und an einem Computer zu googeln oder ein Spiel zu spielen. Die Zellen in meinen Augen lassen lediglich ein Schwarzweißsehen zu. Ich kann nachts also keine Farben erkennen. Tiere wie Luchse, Katzen, Pumas, Tiger, Wölfe, Anglerfische, Tiefseekraken können dies. Damit ich also etwas sehen kann, entzünde ich einen Stock in der Glut unseres Lagerfeuers.

»Pass auf dich auf, Nerd«, höre ich Nerdines ängstliche Stimme im Tipi sagen.

Ich beruhige sie: »Alle Lebewesen haben Angst vor Feuer und ich habe Feuer.«

»Außer Zombies«, meint Darwin in ironischem Ton, der

auch aus dem Tipi klettert und sich den Reißverschluss seiner Jacke zu zieht. »Ist ganz schön kühl geworden«, erklärt er und hält ebenfalls einen Stock in die Glut. Ich frage mich, ob Zombies nachts Farben erkennen können. Im Schein meiner Fackel sehe ich Darwins Gesicht. Es ist nicht ängstlich, eher überlegen.

Dann schreit er jedoch hysterisch laut auf, schlägt mit dem Stock nach etwas an seinem Bein. »Der Wolf ist hier! Hilfe!«

Ich sehe nur einen Schatten, der zu klein für einen Wolf ist. Aber das Tier jault getroffen auf und rennt ins Tipi.

Von dort ruft Sarah: »Du Idiot! Das war kein Wolf! Das war Otto!«

Bald darauf sind wir wieder alle im Tipi.

Darwin hat eine Backpfeife von meiner Schwester bekommen. Er ist jetzt ganz still und liegt eingerollt wie ein Hund direkt am Eingang zu Sarahs Füßen, weil Sarah ihn nicht mehr neben sich wollte. Sie hat ihren Kopf auf Ottos Bauch gelegt. Nerdine liegt in meinem Arm. Sie hat ihre Brille abgelegt und schläft. »So kann ich keine Augen mehr sehen«, hat sie noch gesagt. Und dass ich meine Brille auflassen soll, damit ich sie beschützen kann. Ich spüre ihr Haar an meiner Wange. Es kitzelt ein bisschen. Nein, es kitzelt nicht wirklich, es tut gut. Warum ist das so? Ich schließe meine Augen wie einen Vorhang zu diesem abenteuerlichen Tag und bin trotz der widrigen Umstände glücklich.

Von Pickeln, Pads und Vertrauen

Am nächsten Morgen wache ich in unserem Tipi auf und überprüfe meine Lage. Ich trage immer noch aus Sicherheitsgründen meine Schwimmweste, bin alleine, und die Sonne scheint durch das Stroh. Es gibt nur ein logisches Szenario für meine Situation. Die anderen wurden von Außerirdischen entführt und sind bereits auf dem Weg zu einem der Nachbarplaneten des Jupiters.

Jetzt höre ich Stimmen. Und falls die Außerirdischen nicht in der Lage sind, die Stimmen von Nerdine und Sarah extrem gut zu imitieren, so sind Sarah und Nerdine und vermutlich auch Rick und Darwin dort draußen. Sie wurden also nicht entführt, allerdings auch nicht gerettet. Die typischen Motorengeräusche eines Helikopters höre ich nämlich nicht.

Ich krieche aus dem Zelt. Nerdine geht gerade am Fluss in

die Hocke. Was hat sie vor? Es ist warm, bewölkt und zugleich sonnig. *Kumulonimbus* heißen die Wolken, die grau, dicht und unheilvoll hoch im Himmel hängen wie schmutzige Wattebäusche.

»Na, da ist ja auch unser Nerd!«, ruft Darwin. Er wirkt gut gelaunt.

»Wir wollen gleich weiter«, sagt Sarah, die bereits zwei Fische auf dem Spieß hat. Sie schneidet sie neben dem kalten Lagerfeuer auf Blättern auseinander. »Sushi«, sagt sie. »Ich schneide jedem eine Portion. Auf Versorgung aus der Luft können wir wohl nicht hoffen. Dass mit dem Orten hat anscheinend nicht funktioniert.« So freundlich ist sie selten. Sogar ihre Haare hat sie sich zu einem Pferdeschwanz zurückgebunden.

Otto hockt dicht neben ihr. Hoffentlich hatte er seine Hundeschnauze noch nicht am Fisch, sonst kann ich meine Portion nicht mehr essen. Unmöglich. Neben den Bakterien, die Hunde üblicherweise übertragen, gibt es ganz bestimmt auch mopsspezifische Viren, die mir noch nicht bekannt sind.

Nerdine wäscht sich jetzt unten am Fluss.

Ich hocke mich neben sie und werfe mir ebenfalls kaltes Wasser ins Gesicht.

»Ist der Pickel größer geworden?«, fragt sie.

Was soll ich jetzt sagen? Ich habe gehört, dass Mädchen

manchmal nicht die Wahrheit hören möchten. Also sage ich: »Den sieht man so gut wie gar nicht mehr.«

»Aber vorher war er ziemlich auffällig.«

»Ich hab nur das Pflaster gesehen.«

»Hast du auch Pickel?«, fragt sie mich.

»Nein«, sage ich. »Habe bisher Glück gehabt.«

»Du findest Pickel also hässlich?«

»So habe ich das nicht gemeint.«

Zu meiner Erleichterung ruft uns da Sarah: »Kommt mal her! Seht euch das an!« Sie hat etwas Ungewöhnliches entdeckt. Einen Pfeil, zusammengelegt aus Stöcken. Quer über den Pfeil wurden noch zwei kleine Stöcke gelegt.

»Das ist ein Waldläuferzeichen«, sage ich.

»Und was bedeutet das?«

Ich erkläre: »Waldläuferzeichen sind Zeichen, die von Waldläufern erfunden wurden, damit …«

»Hör auf, Lexikon, sonst kommst du ins Altpapier!«, unterbricht mich Darwin. Ich weiß, dass er morgens häufig übel gelaunt ist. Er hält einen der Fische in der Hand, die Sarah noch nicht verarbeitet hat. Und beißt hinein. Ich bin irritiert, denn er isst offenbar ungerührt die Gräten einfach mit.

»Deine Schwester will wissen, was das Zeichen bedeutet!«

»Das wir dort lang gehen sollen, es jedoch Hindernisse auf dem Weg gibt! Umgekippte Bäume oder ein Fluss oder ähnliches. War das Zeichen gestern schon hier?«

Keiner kann sich daran erinnern.

Ich sage: »Ich glaube, es ist von heute Nacht. Der Mann, der es gelegt hat, ist mindestens 1,90 groß.«

»Hä?« Rick schaut mich an wie ein Auto, dem das Benzin ausgegangen ist. Er hat dicke schwarze Ränder unter den Au-

gen hat. Vermutlich schläft er sonst viel mehr. Ich habe ohnehin das Gefühl, dass er zu Hause nur noch schläft und Lasagne isst. Jedenfalls fragt er mich: »Woher willst du das wissen?«

»Hier ist ein Schuhabdruck im Gras. Etwa Schuhgröße 48–50.«

Darwin ist ungeduldig: »Schön.« Er wirft das Fischskelett in die kalte Asche unseres Lagerfeuers. »Dann wissen wir, dass

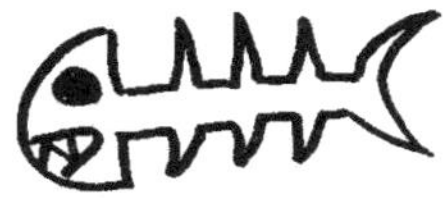

heute Nacht kein Bär hier gewesen ist, sondern einfach ein Riese von einem Kerl, der den Weg kennt. Also lasst uns gehen.«

Nerdine und ich fragen uns, ob uns der Riese in eine Falle locken will. Vielleicht Finsterwalds Vorfahre, der angeblich in den Wäldern lebt und den Ring behütet?

Darwin unterbricht uns: »So ein Blödsinn! Warum sollte das jemand tun? Das Zeichen ist bestimmt von Ritter Sport und führt uns direkt zum Schatz.«

»Aber …«

»Nichts aber, Nerd. Jetzt sage ich, wo es langgeht. We go this way!« Dabei zeigt er in Richtung des Pfeils und Sarah gibt ihm einen Kuss auf die Wange.

Gegen solche Argumente, die keine Argumente sind, lässt es sich nicht argumentieren. Und so folgen wir ihm.

Es gibt auf unserem Weg durch den Wald tatsächlich die durch das Waldläuferzeichen angekündigten Hindernisse. Als da sind mehrere umgestürzte Bäume und eine Felsformation, über die wir klettern müssen.

Dann stoßen wir auf das nächste Zeichen.

Die zehn wichtigsten Waldläuferzeichen:

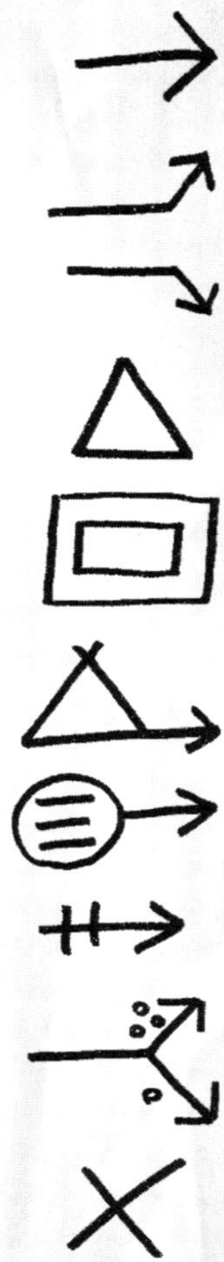

1. *Folge diesem Weg!*
2. *Nach links abbiegen!*
3. *Nach rechts abbiegen!*
4. *Achtung! Gefahr!*
5. *Bitte auf weitere Anweisungen warten!*
6. *Weg zum Lager!*
7. *Weg zum Trinkwasser!*
8. *Weg führt über Hindernisse!*
9. *Wir haben uns geteilt: einer rechts, drei links!*
10. *Falscher Weg!*

»Was sagst du dazu, Nerd?«, fragt mich Darwin.

»Wir sollen nach rechts abbiegen. Das Zeichen ist frisch in die Rinde geritzt. Derjenige, der es angebracht hat, kann dies erst vor einigen Stunden getan haben. Es kann also nicht von Ritter Sport stammen.«

»Umso besser«, meint Darwin. »Dann ist die Legende wahr. Und dieser Urahn von Finsterwald bringt uns zum Ring.«

Nerdine steht neben mir und verdreht die Augen. Ich weiß nicht, was ich jetzt tun soll. Ich brauche Argumente und sage:

»Wir sollten uns einen Kompass bauen. Ich benötige dazu lediglich eine Nadel, die ich an Nerdines Haar magnetisiere und dann …«

»Was dann? Dann wissen wir, ob uns der Pfeil nach Süden oder Osten, Norden oder Westen führt. Mensch, Nerd. Das ist jetzt egal. Hier geht es um Vertrauen«, erklärt Darwin. »Wir sollten demjenigen, der diese Zeichen eingeritzt hat, vertrauen.«

»Und warum?«

»Weil er sich ja nicht selbst in die Irre führt. Schließlich will er zu einem Punkt und er scheint den Punkt genau zu kennen. Und wenn er dorthin will, kann es nur ein guter Ort sein.«

Das ist selbst mir zu kompliziert. »Ich befürchte trotzdem, dass er uns in eine Falle lockt.«

»Ach, Nerd«, atmet Sarah hörbar aus. »Du bist immer so kritisch. Was Darwin sagt, klingt doch logischer als das, was du sagst.«

»Ja, voll logisch«, wirft Rick ein.

»Es gibt kein ›logischer‹. Entweder ist etwas logisch oder es ist nicht logisch«, erwidere ich.

»Das ist logisch«, pflichtet mir Nerdine bei.

Sarah kürzt die Diskussion ab: »Was wir meinen, ist, dass wir uns beeilen müssen. Sonst kommen wir nie an. Ihr könnt ja hierbleiben. Ich sage dann Bescheid, wo ihr verschollen seid. Aber nur, wenn ich dafür dein neues MPad bekomme.«

»Ein MPad von Mastermind?«

»Ja. Papa holt es dir zum Geburtstag.«

»Woher weißt du das?«

Sie hebt ihre Hände und bewegt die Finger, als würde sie etwas auf einer Tastatur eingeben. Gehackt. Sie hat die Computer unserer Eltern gehackt. Na klar. Papa hat in jüngster Zeit häufig von seinem Freund in

Silicon Valley gesprochen. Dort in Kalifornien sitzen Firmen wie Apple, Google, Facebook und nun auch Mastermind. Und Mastermind hat ein ultraschnelles MPad entwickelt.

Ich muss überlegen: Ein neues MPad würde ich ungern an Sarah verlieren. Und ich will meine Schwester nicht mit Darwin und Rick alleine lassen. Immerhin kann es passieren, dass sie sich auch noch streiten und gegenseitig an die Kehle gehen. Nein, meiner Schwester darf nichts passieren. Sie hat dieselben Eltern wie ich.

»Wir kommen mit«, sage ich.

»Gut so.«

Die Fichten und Kiefern stehen nicht mehr so dicht und der Himmel über uns zieht sich weiter zu. Nach einem neuerlichen Waldläuferzeichen geht es steil den Berg hinauf.

»Verdammt anstrengend! Ich hasse dieses Latschen«, stöhnt Rick, der vor mir geht. »Ich weiß überhaupt nicht, wie du das mit deiner Schwimmweste schaffst, Nerd. Du musst doch schwitzen wie ein Schwein.«

»Aber es hilft mir gegen meine Wasserangst.« Zudem schwitzen Nerds nie wie Schweine, sondern glühen höchstens wie überhitzte Prozessoren. Aber das sage ich ihm nicht.

Ein mächtiger Blitz durchzuckt den Himmel. Es donnert gewaltig, als würde jemand auf einen leeren Blechkanister einschlagen.

Wir schrecken zusammen!

Der Himmel über uns ist fast schwarz. Das Gewitter ist noch etwa einen Kilometer von uns entfernt und kommt näher. Schon spüre ich einen fetten Tropfen

auf meinem Kopf. Es bleibt nicht der einzige. Meine Schwester ist in gefährlichen Situationen normalerweise äußerst beherrscht, aber vor Gewitter fürchtet sie sich wie ein kleines Kind vor der Dunkelheit. Sie ergreift Darwins Hand.

Der versichert ihr: »Du musst keine Angst haben.«

Solche Sätze verstehe ich nicht. Warum soll sie keine Angst haben? Nur weil er ihre Hand hält? Jeder sollte vor Gewitter Angst haben, wenn er in einem Wald steht. Alles andere ist unvernünftig. Es gibt nur eine sichere Möglichkeit, sich hier und jetzt vor Blitzschlag zu schützen. Ich sage: »Jeder muss sich eine Kuhle graben und dann flach hineinlegen. So wird der Blitz über uns hinweggleiten.«

Darwin grinst: »Das meinst du doch nicht ernst, Nerd?«

»Warum sollte ich das nicht ernst meinen? Es ist wissenschaftlich erwiesen.«

Er übergeht meinen Einwand und erklärt: »He, kommt. Let's go! Es regnet. Lasst uns dem Wegweiser folgen, denn so wie ich das sehe, ist da oben eine Höhle. Und dieser Finsterwald hat doch erzählt, dass der Ring in einer Höhle versteckt ist.«

Obwohl sein Vorschlag unlogisch und gefährlich ist, folgen wir Darwin. Er klettert voran durch den Regen. Der Hang wird immer steiler. Nur die Wurzeln auf dem Boden geben uns noch Halt. Der Himmel ist voller Blitze, jeder stark genug, um

Berlin zehn Jahre lang mit Strom zu versorgen. Wer jetzt noch unterwegs ist, ist entweder lebensmüde, zu faul, ein Loch zu graben, oder er hat kein Zuhause. Meine Beine sind schwer. Erschöpft und durchnässt kommen wir bei der Höhle an.

»Da drin sind wir sicher«, sagt Darwin.

Sarah ist verwirrt. »Du hast doch eben gesagt, ich bin schon sicher? War ich eben nicht sicher?«

»Doch, doch, aber … Ach, jetzt lass uns in die Höhle gehen.«

»Lege den Ring in das Körbchen!«

Der halbrunde Höhleneingang sieht aus wie eine Hobbitbehausung oder die Garage für einen gigantischen Käfer. Rick entdeckt noch ein weiteres, in die Wand geritztes Zeichen. Es zeigt einen geraden Pfeil und daneben zwei eng daran liegende Striche.

»Wir müssen in eine Felsspalte«, sage ich.

Wenige Meter von uns entfernt finden wir eine solche Spalte.

»Ist aber eng«, stellt Rick fest und drückt sich rechts und links seine Frisur zurecht, als befürchte er, an den Haaren hängen zu bleiben. Dabei ist die breiteste Stelle seines Körpers der Speckgürtel um seine Hüfte.

»Keine Angst, ihr Schisser!« Darwin quetscht sich zwischen die Felsen und verschwindet in der Dunkelheit. Er ruft: »Hier ist es dunkel!«

»Das hat er zumindest gemerkt«, flüstert mir Nerdine zu.

Ich sage: »Wir brauchen Feuer und ein Hemd für eine Fackel.«

Prompt muss ich meine Schwimmweste, die Jacke, mein Sweater und das Unterhemd ausziehen. Denn keiner außer

mir trägt eines. Dann ziehe ich wieder Sweater, nasse Jacke und Schwimmweste an und wickele mein Hemd um ein dickes Stück Holz, das sich als Fackel eignet. Schließlich bestreiche ich das Unterhemd mit dem Sekundenkleber und entzünde mit zwei Steinen die Fackel.

Nerdine ist begeistert von meiner Pyrotechnik und meiner Fackel. Nur unser Hypochonder Rick meint, dass brennender Sekundenkleber extrem riecht und er werde gleich einen qualvollen Qualmtod sterben. Dabei ist sein Nutellazwiebelleberwurstatem in der Schule nicht weniger schädlich!

»Dann bleib hier«, sagt meine Schwester.

Das will er jedoch auch nicht.

»Wo seid ihr?«, jammert Darwin von fern. Er weiß vermutlich, wo wir sind, will jedoch mit der Frage andeuten, dass er den Kontakt zu uns halten möchte und wir uns beeilen sollen, damit er nicht so lange alleine ist.

Wir zwängen uns zwischen den Felsen hindurch. Für mich ist es körperlich kein Problem, jedoch ekele ich mich, denn

rechts und links an den schmutzigen Wänden sind Spinnen, Käfer und andere lichtscheue Wesen, die vor meiner Fackel in die Ritzen zwischen den Felsen fliehen.

Darwin begrüßt uns mit den Worten: »Endlich. Ich dachte schon, ihr kommt überhaupt nicht mehr.«

Rick geht jetzt mit meiner Fackel voran. Der Schatten seines Haares wandert unheimlich mit uns an der Wand entlang.

Der Gang ist schmal, aber hoch genug, damit wir aufrecht hindurch laufen können. Hoffentlich hält die Fackel!, denke ich noch, als wir bereits in eine Höhle gelangen, in der drei Fackeln an den Wänden leuchten.

Das scheint das Ziel unserer Reise zu sein!

»Und jetzt?« Rick ist enttäuscht. »Soll das etwa alles sein?«

Keiner von uns will glauben, dass sich jemand die Mühe macht und uns den Berg hinauf Zeichen gibt, nur um uns dann in eine Höhle mit feuchten Wänden zu führen. Das ergibt keinen Sinn.

»Der Typ ist halt irre«, sagt Darwin. »Wir sind auf einen Spinner hereingefallen. Das ist typisch für dich.« Vorwurfsvoll schaut er Rick an.

Der ist sofort auf Hundertachtzig: »Suchst du Streit?«

»Hört auf!«, geht meine Schwester dazwischen. »Otto hat

was gefunden.« Der schnuppert am Boden und kläfft wie eine Alarmanlage.

Darwin kniet sich und tastet den Boden ab. Er klopft mit dem Handballen darauf, tastet wieder und sagt: »Hier ist eine Steinplatte.«

»Dann heb sie schon hoch!«, befiehlt Sarah, während Darwin mühsam mit den Fingern den Rand der Platte freikratzt. »Die ist zu schwer. Das schaffe ich alleine nicht.«

»Hilf ihm, Rick!« Sarah ist eine geborene Bestimmerin.

Aber selbst für die beiden stärksten Jungen aus unserer Klasse ist sie zu schwer. Ich lösche eine Fackel, woraufhin mich Rick von unten herauf anschaut und mich anblafft: »Bist du bescheuert, Nerd? Licht ist Leben!«

Ich bleibe ruhig: »Klemm bitte den Stock an den Rand der Platte und versuch sie so hochzuhebeln.«

Das funktioniert! Stück für Stück schieben nun Rick und Darwin die Steinplatte zur Seite.

Otto ist ganz aus dem Häuschen vor Aufregung und bellt das größer werdende Loch an. Dann springt er mutig mit seinem Indiana-Jones-Hut und einem entschlossenen *Wuff*! hinab in die Dunkelheit. Und jault im nächsten Moment auf, weil er dort unten auf dem Boden aufgeschlagen ist. Dann ist es ruhig.

Sarah nimmt eine Fackel von der Wand und wirft sie ins Loch. Das Licht erleuchtet den Raum dort unten. Der sieht nicht viel anders aus als hier die Höhle, doch in einer Nische steht eine Truhe. Otto beschnuppert sie und pinkelt dagegen.

»Die Schatztruhe. Endlich haben wir sie«, freut sich Darwin.

»Wieso endlich?«, fragt Rick. »Wir wussten doch gar nichts von einer Schatztruhe!«

»Das sagt man so«, verteidigt Sarah ihren Freund. »Jeder Mensch sucht in seinem Leben irgendwann einmal einen Schatz oder eine Schatztruhe. Das ist normal. Und endlich haben wir eine gefunden. Dabei sind wir noch so jung.«

»Aber ich springe da nicht runter«, erklärt Rick kategorisch. »Da knicke ich mir nachher noch den Fuß um.«

»Los, Darwin!«, befiehlt Sarah. »Spring du! Otto hat sich auch getraut und jetzt ist er ein Held.« Sie winkt ihrem Otto zu.

Darwin steigt in das Loch, hält sich am Rand fest und lässt sich den übrigen halben Meter fallen. Das ist keine Leistung! Sogar ich, euer Nerd, tut es ihm jetzt gleich. Uns folgen noch Nerdine, Sarah und am Ende Rick.

Die Kiste hat bronzene Verschläge und ein Schloss mit einem riesigen Schlüssel, der darin steckt. Das ist nicht logisch! Wer lässt schon einen Schlüssel auf einer Schatztruhe stecken? Was hat der Riese vor?

»Das waren ganz sicher nicht Ritter Sport oder Frau Blinker Wahllos!«, sagt Rick.

Darwin nickt. »Ganz sicher nicht, my friend! Sondern der irre Urahn von Finsterwald.« Er sagt es ganz schaurig und das Licht der Fackel beleuchtet gruselig seine Miene.

»Schließ die Schatztruhe auf, Nerd«, sagt Darwin.

Meine Hand zittert. Mir ist unheimlich zumute. Aber ich drehe den Schlüssel im Schloss. Jedoch kann ich den Deckel nicht öffnen. Rick und Darwin helfen mir. Gemeinsam drücken wir ihn hoch. In der Truhe liegt auf einem samtenen Tuch der goldene Ring. Er glänzt im Licht der Fackel.

»Das ist der Ring der Ringe«, sagt Sarah.

Darwin ist still, gebannt vom Glanz des Rings.

»Was für einen Zauber besitzt er eigentlich?«, will Nerdine wissen.

»Ist egal«, erklärt Rick. »Hauptsache, er ist wertvoll. Vielleicht ist es ja der Ring vom Herrn der Ringe.«

Sarah lacht. »Na, klar! Und du bist Gandalf der Zauberer.«

Als Darwin nach dem Ring greift, warnt ihn Rick: »Das solltest du nicht tun. Oftmals passiert in Geschichten ein Unglück, wenn die Helden solche Ringe in die Hand nehmen. Vielleicht öffnet sich ja dann eine Falltür und wir versinken alle in einem Loch.«

»Im Loch sind wir schon«, meint Sarah nüchtern. »Nimm ihn endlich!«

»Warum nimmst du ihn nicht?«, fragt Darwin meine Schwester, die daraufhin eiskalt erwidert. »Weil du ihn nehmen wolltest.«

»Ich will ihn aber nicht mehr.«

Nun stehen wir um die Truhe und keiner traut sich.

In *Herr der Ringe* ist es so, dass der Ring seinen Träger zwar unsichtbar, aber gleichzeitig auch abhängig macht. Ich glaube nicht, dass dieser Ring hier solch eine Macht besitzt. Schließlich sind darauf auch keine elbischen Schriftzeichen. Aber falls es so sein sollte, dürfen weder Rick noch Darwin in den Bann des Rings gezogen werden. Und so beuge ich mich vor und nehme ihn mit zwei Fingern hoch.

Die anderen halten die Luft an. Der Ring liegt kalt und schwer in meiner Hand. Drei Schwerter mit winzigen Flammen sind darauf graviert. Ich erkläre: »Er trägt das Wappen derer von Finsterwald. Es ist eindeutig ihr Ring.«

»Gib ihn mir«, fordert mich Darwin auf. Als er nach ihm greift, schließe ich die Faust, woraufhin Darwin mit seiner Pranke meine Faust umfängt und befiehlt: »Gib ihn mir!«

»Lass das«, sagt Sarah. Sie legt ihre Hand auf Darwins. Ich spüre plötzlich eine Macht in mir, die stärker ist als jedes Jedischwert – und sage zu Rick: »Nun lege du deine Hand auf Sarahs.« Er tut es. Und ich befehle auch noch Nerdine, ihre Hand ganz nach oben auf unsere Hände zu legen. Dann hebe ich laut an: »Der Ring soll uns vereinen und nicht trennen. Keiner von uns besitzt ihn, denn keiner kann ihn besitzen. Wir sind eins mit dem Ring und eins durch den Ring, ohne Anfang und ohne Ende. Er soll uns vereinen, endlos wie ein Kreis für immer und ewig.«

Alle schauen mich gebannt an, als sei ich der Meister!

Euer Nerd hat die Mobber, meine Schwester, Nerdine und sogar Otto, der nun ergriffen seine Pfote oben auf unsere Hände legt, vereint. Wie nun jeder seine Hand wieder zurückzieht, öffne ich vorsichtig meine Faust.

Es ist ein feierlicher Augenblick.

Wir schauen auf den goldenen Ring auf meinem Handteller.

»Und was kann er?«, fragt Rick.

»Zu viel für euch«, sagt eine Stimme, die von oben kommt.

Wir zucken zusammen.

Jemand schiebt langsam die Platte wieder auf den Einstieg über uns.

Sarah ruft: »Wer ist da?!«

Ein kleines Körbchen wird zu uns herunter gelassen. Die Stimme befiehlt: »Legt den Ring hinein!«

Wir schauen auf das Körbchen, dann schaut Sarah mich an. »Worauf wartest du? Los, leg ihn hinein!«

»Nein«, sage ich und ziehe mir den Ring über den Finger. »Das werde ich nicht tun.«

»Was soll das, Nerd? Mach schon! Wir kommen hier sonst nicht mehr raus.«

»Sie hat recht. Leg den Ring hinein!«, ruft die Stimme von oben. Sie hört sich verzerrt an.

»Nein!«, sage ich entschlossen. »Es ist der Ring der Finsterwalds und niemand anderes soll ihn haben!«

Wieder schiebt der Kerl die Platte über uns ein Stück weiter. Gleich sind wir hier eingesperrt. Ich sage: »Ich werde diesen Ring nicht abgeben.«

»Doch, das wirst du!«, befiehlt Sarah. »Der Typ ist irre. Mit dem sollten wir nicht spaßen.«

»Wenn er den Ring hat, wird er uns hier einsperren.«

Und ich schließe meine Faust!

»Ich will hier nicht verrecken!«, schreit Darwin.

Er will mir den Ring abnehmen. Sofort stürzen sich auch Rick und meine Schwester auf mich. Sie öffnen meine Faust. Ich höre Otto bellen. Finger für Finger biegen sie mir aus-

einander. Ich versuche mit aller Kraft dagegenzuhalten. Schließlich zieht mir Sarah den Ring vom Finger.

Und Darwin legt ihn ins Körbchen.

Das wird augenblicklich hochgezogen.

Dann schauen wir gebannt auf den Stein, der nun weiter über das Loch geschoben wird.

»Was soll das?!«, schreit Darwin.

»Lassen Sie uns raus!«, schreit jetzt auch meine Schwester.

Darwin und Rick springen nach oben, drücken gegen die Platte.

Vergebens. Wir sind hier gefangen. Lebendig begraben.

Fast verrottet!

»Verdammter Mist!«, schreit Darwin sinnlos.

Niemand wird uns hier hören. Niemand! Wir sitzen hier unten fest und haben nur noch das Licht der Fackel. Und ich habe nicht einmal mehr ein Unterhemd, falls es kühl werden sollte.

»Das ist unser Ende«, sagt Sarah. Ihre Stirn liegt in Falten. Sie sieht verzweifelt aus. »Ichwill nicht sterben. Nicht in diesem Loch.« Sie legt die Hände vors Gesicht und setzt sich auf den Rand der Kiste. Weint sie?

»Ich bin doch bei dir.« Darwin will sie in den Arm nehmen.

Sie sagt: »Lass mich. Wir werden hier ersticken oder verdursten. Und da nutzt mir dein Gequatsche auch nichts.«

Damit könnte sie recht haben. Denn dieser Raum hat nur einen Ausgang. Und an den kommen wir gerade mal mit unseren Fingerspitzen. Weggeschoben bekommen wir den Stein so nicht. Ich betrachte die Schatzkiste, auf der meine Schwester und Rick hocken, betrachte die Platte über uns und sage zu meiner Schwester und Darwin: »Helft mir mal.«

Gemeinsam schieben wir die Truhe unter die Steinplatte, die über dem Ausgang liegt. Vor lauter Aufregung hat in der ersten Schrecksekunde keiner daran gedacht, sich einfach auf die Truhe zu stellen, um die Steinplatte so besser von unten hochdrücken zu können.

Es geht viel leichter, als ich geglaubt habe. Das hat dieser Urahn von Finsterwald wohl nicht bedacht. Oder doch?

Kurz darauf stehen wir wieder oben.

»Weit weg kann der Kerl noch nicht sein«, sagt Darwin. Er schlägt sich neben mir den Staub aus der Hose. Ich bewundere solche Jungs. Du kannst sie ausschimpfen, ihnen miese Schulnoten geben, sobald sie aber auch nur einen Funken Hoffnung spüren, kommen sie sich gleich wie Supermann vor. Er erklärt: »Wenn ich den kriege, mache ich ihn kalt.«

»Der ist längst über alle Berge«, vermutet meine Schwester. »Lass uns einfach zurück zur Burg gehen. Die Schatzsuche ist hier und jetzt zu ende.«

Wir hören ein Poltern, das aus dem Gang zu uns dringt.

»Der ist noch da!« Darwin hat das Jagdfieber gepackt.

So laufen wir erneut durch die Gänge und zwängen uns durch den engen Felsspalt, wo die Insekten gerade wieder ihre Plätze eingenommen haben.

Am Höhleneingang sehen wir in der Ferne den Kerl weglaufen. Er trägt einen dunklen Mantel, einen schwarzen Rucksack und ist groß wie ein Berg. Meine Vermutung, dass er eine

Schuhgröße zwischen 48 und 50 hat, bestätigt sich.

Wir folgen ihm. Der Regen hat sich gelegt. Es nieselt nur noch, aber der Berg ist regelrecht aufgeweicht von dem Gewitter. Rick und Darwin können sich mit ihren Turnschuhen kaum halten. Nur Otto fühlt sich wohl. Er rennt vor und zurück durch den Matsch, als habe er sich endlich an die Natur gewöhnt, als sei der Wolf in ihm wach geworden.

Das muss der Urotto sein, der jetzt aus ihm bellt!

Den Kerl mit dem Ring haben wir aus den Augen verloren.

Aber seine Fußspuren sind deutlich im aufgeweichten Boden zu erkennen. »Er ist Richtung Norden unterwegs«, behaupte ich forsch, obwohl ich nicht sicher bin. Aber ich verstehe so manches nicht: Denn warum hat uns dieser Riese überhaupt bis zur Höhle gelockt, wenn er uns dann den Ring doch wieder wegnehmen wollte? Und warum hat er den Stein nicht fest auf das Loch geschoben? Wollte er, dass wir fliehen können? Und will er, dass wir ihm jetzt folgen? Fragen über Fragen.

Es geht weiter im Höllentempo bergab. Steine und Wurzeln geben mir Halt unter den Füßen. Ich renne im Zickzack, Darwin rutscht vor mir weg, steht auf. Jetzt muss jeder für sich den Berg hinunter.

Gegen Mittag sind wir wieder auf der Lichtung, auf der wir campiert haben.

»Der Kerl rennt zurück zur Burg«, sagt Darwin, der am Flüsschen hockt und Wasser aus den Händen trinkt. Der Himmel über uns ist grau, unser Lagerfeuer nur noch ein Haufen schwarze, nasse Asche und das Tipi vom Unwetter völlig zerstört. Nerdine wischt sich die Dreckspritzer von der Brille. Ich tue es ihr nach und wir beide lächeln uns an. Kurz steigt mir der Duft von gebratenem Fisch in die Nase und das Bild von ihr und mir gestern Abend am Lagerfeuer blitzt in mir auf.

Ich bin hungrig. Und Darwin spricht es aus: »Wir müssen essen, sonst klappen wir zusammen!«

Doch Sarah befiehlt: »Weiter!«

Im Wald finden wir den schwarzen Rucksack des Riesen.

Darwin spekuliert: »Der kann nicht mehr. Er muss Ballast abwerfen.«

Im Rucksack finden wir Brot, Käse, jede Menge Energieriegel und getrocknete Würste. Sofort beißt Otto in ein Würstchen.

»He, lass das!«, schreit Darwin, wofür er von meiner Schwester umgehend angemotzt wird.

Wir lassen uns auf dem Waldboden nieder, essen und trinken – und ich schaue den Ameisen zu, wie sie ihre Ameisenstraße vom Unrat des Sturms reinigen. Ich ekele mich gar nicht. Nicht einmal, als sich eine von ihnen auf meine Schuhe, auf meine Hose und schließlich auf meine Jacke verirrt. Ich schnippe sie einfach weg.

Das Essen hat uns träge gemacht. Keiner will mehr weiter, obwohl jeder weiß, dass wir weitermüssen. Wir folgen den Spuren, den abgeknickten Ästen und Fußabdrücken im Waldboden. Offensichtlich hat der Riese eine Abkürzung nach Finsterwald eingeschlagen. Denn auf der nächsten Lichtung sehen wir schon die Festung auf dem Berg. Wieso will er nach Finsterwald? Was soll das?

Wie wir endlich am Fuße des Berges angelangt sind, bockt Nerdine. Sie sagt, dass sie nicht mehr weitergehen könne. Und Darwin wirft den Rucksack ab. »Ich gebe auf.«

Keiner wehrt sich gegen eine Rast.

Auch ich bin erschöpft.

Eine rollende Überraschung

»He, Nerd! Du Penntüte!«

Darwin tritt mir mit der Fußspitze in die Seite.

»Was soll das?«, reagiere ich wütend. Ich bin noch nicht richtig wach und explosiv wie ein Creeper. Kurz habe ich das Bild vom Zombiewecker daheim vor Augen, wie er auf meinem Nachttisch schreit. Dann sehe ich Darwin. Ich frage: »Wie lange habe ich geschlafen?«

»Nicht lang«, sagt Sarah. »Hast sofort geschnarcht.«

Es beginnt wieder zu nieseln. Na prima! Schon werden die Regentropfen dicker. Verdammt! Ich will nicht mehr, habe noch Schlaf in meinen Gliedern, und mir ist kalt. Meine Arme, meine Beine, meine Füße, selbst mein Kopf will nicht mehr diesen Berg hinaufsteigen. Zumindest sind wir wieder zurück in der Zivilisation, denn wir stoßen auf einen Pfad und finden auch schon nach wenigen hundert Metern ein Hinweisschild.

Auf dem Weg sind keine Fußspuren mehr zu finden.

Ihr werdet euch nun wundern, aber mein Bauchgefühl – ja, ein solches habe ich mir im Laufe dieses Abenteuers erworben – sagt mir, dass der Kerl auch die 2,7 Kilometer gelaufen ist, genau dort war, wo wir jetzt sind, und nun irgendwo auf uns wartet. Mich interessiert, was Nerdine wohl denkt. Ihr Pickel ist verheilt, einfach verschwunden. Trotzdem hält sie sich die Hand vors Kinn, wie ich sie nun von der Seite anschaue. Egal wie intelligent einer ist, ein Pickel macht ihn unsicher.

Der Pickel – dein eitriger Feind!

Pickel sind das Top-Beauty-Problem in der Pubertät, das jedem blühen kann. Auf YouTube findet ihr ein Video von fünf Minuten, wo der größte Pickel der Welt ausgedrückt wird. Ich rate keinem,

sich dies anzuschauen. Da könnt ihr euch auch gleich neben euren verpickelten Bruder stellen, wenn er im Bad zugange ist. Tut euch das nicht an!

Hier ein paar klärende Worte vom Beauty-Nerd:

Ehe ein Pickel ein Pickel wird, lebt er als Komedon in einer Pore. Das Wort Komedon kommt vom lateinischen con-edere, was

»mitessen« bedeutet. Daher auch der Begriff Mitesser. Er lebt als schwarzes Pünktchen bei dir. Bei Nerds versteckt er sich gerne dort, wo die Brille auf dem Nasenbein aufliegt. Es gibt aber auch den geschlossenen Mitesser. Der ist kein schwarzer Punkt, sondern ein kleiner Hügel über den euer Finger wandert und sich wundert.

Nun kommt die nächste Stufe: der Pickel!

Der Mitesser ist so was wie ein Creeper. Du spürst ihn nur ein bisschen, fummelst daran herum, der Schmutz deiner Finger entzündet ihn, und schon hast du einen eitrigen Pickel.

Daher: Finger weg vom Komedon!

Geh zum Dermatologen! Oder zum Kosmetiker! Die werden auch Pickologen oder Pustelwegmacher genannt und haben hochmoderne Apparaturen und magische Cremes, mit denen sie den Pickel aus deinen Poren herausoperieren. Und sie verdienen ihr Geld damit. Also hilf dir und ihnen!

»Endlich, die Burg!«, ruft Rick, als wir endlich Finsterwald erreichen.

Es sieht noch alles so aus wie gestern, dabei ist so viel geschehen.

Selbst die gefällte Birke liegt noch neben der Straße. Auf den letzten Metern bis zum Tor ist der Weg voller Schlamm. Da sind auch wieder die Fußabdrücke des Riesen. Frau Blinker Wahllos wartet mit einem Schirm im Burghof auf uns. »Wir haben uns schon große Sorgen gemacht. Wo wart ihr denn? Ihr seid ja ganz durchnässt.«

»Der Urahn von Finsterwald. Haben Sie ihn gesehen?«, fragt Rick.

»Wen? Was redest du da?«

»Er muss hier sein«, sage ich.

»Herr Ritter! Herr Ritter!«, ruft Frau Wahllos, die uns anscheinend für Kinder im Fieberwahn hält.

Wir haben alle nur ein Ziel: Wir wollen den Ring, der uns vereint hat.

»Aber der Dieb des Rings von Finsterwald ist gerade hier hineingelaufen«, sagt Darwin. Er ist ganz aufgelöst. Auch Sarah will jetzt nicht unter dem Schirm stehen, den Frau Wahllos über sie hält.

»Ich habe niemanden gesehen«, sagt sie. Aber ich glaube

kurz ein verschmitztes Lächeln auf den Lippen meiner Lehrerin zu sehen, was mich für eine Sekunde irritiert. Dann fällt mein Blick auf den Matsch auf dem Pflaster. Er könnte von Fußabdrücken stammen. Oder bilde ich mir das jetzt nur ein?

»Weiter!«, befehle ich kurz entschlossen, laufe die drei Treppen hoch durch die Eingangstür. »Seht euch das an!« Tatsächlich ist der Marmorboden dreckverschmiert. Jemand muss den Schlamm aus dem Wald mitgebracht haben. Unsere Schuhe sind dreckig und seine Schuhe waren auch dreckig.

Wir folgen dem Flur. Rechts geht es ab Richtung Kantine, aber wir laufen die breite Treppe hinauf. Die Spur verliert sich langsam. Der Flüchtende hat sich den Matsch abgetreten.

Im zweiten Stock hören wir wieder dieses unheimliche Lachen!

Aus einem Seitengang kommt mit einem »Hallo!« Ritter Sport.

»Er ist da hinter der Tür am Ende des Flurs!«, sage ich. »Ich habe ihn gesehen. Das waren seine Fußabdrücke.«

Ritter Sport ist überrascht. »Von wem redest du?«

»Von dem, der den Ring hat.«

»Beruhige dich, Nerd.« Ritter Sport versucht mich aufzuhalten.

Ich will weiter, muss wissen, wer hinter der Tür ist.

»Warte, Nerd. Wir haben euch …«

»Wo sind die anderen?«, unterbreche ich ihn.

»Längst hier. Keiner hat den Schatz gefunden.«

»Und woraus bestand der Schatz?«

»Es war der Ring«, sagt Ritter Sport.

»Ich denke, der ist verschollen.«

»Das wirst du schon sehen. Herr von Finsterwald hat vorgestern Abend extra die Legende erzählt, damit ihr …«

Ich will nichts mehr hören, reiße mich los. In meinem Kopf fahren die Gedanken Achterbahn. Und ich renne zur Tür und öffne sie. Dahinter befindet sich der Rittersaal. An den Wänden stehen Rüstungen, hängen Teppiche, Flaggen an der Decke. Ich komme mir vor wie bei Temple Run. Ich muss nur noch wenige Hürden überspringen. Rechts und links von mir stehen meine Freunde: Nerdine, Darwin, Rick, meine Schwester und Otto. Wir starren zum anderen Ende des Saales.

Dort sitzt ein Mann mit einem dunklen Mantel in einem Stuhl. Er hat schwarzes Haar. Das muss der Kerl sein, der uns eben den Ring weggenommen hat. Ich gehe auf ihn zu, muss vorsichtig sein! Ganz vorsichtig! Ich schwitze, nähere mich lautlos auf Zehenspitzen, stehe jetzt hinter ihm.

Da rollt er mit seinem Stuhl ein Stück vor.

Wie kann das sein? Ein rollender Stuhl? Ein Rollstuhl!

Er dreht sich zu mir um. Ich erkenne sein Gesicht – und kann es kaum glauben. Es ist Hausmeister Bissig, der den Ring in der Hand hält! Er war der Riese!

Das ist zu viel für einen Nerd!

Viel zu viel zu viel!

Dann höre ich sein Lachen. Es ist das Lachen jenes Mannes, der uns eingeschlossen hat. Bissig hat seine Stimme verstellt.

Er hält mir den Ring hin. »Du und deine Freunde haben es geschafft. Ihr habt euch den Schatz verdient.«

Im Hintergrund hören wir jetzt Applaus. Ich nehme den Ring, drehe mich um. Und hinter uns stehen Popel Patrick, Patrizia, Clara, Mara, Lara, Nintendomus, Gregor Honk, Ritter Sport, Frau Blinker Wahllos und sogar Burgherr Joseph von Finsterwald.

»Stehen bleiben! Handy hoch!«, ruft Hausmeister Bissig, der aus seinem Rollstuhl aufgestanden ist. Erschrocken drehen wir uns um und schon hat er ein Foto von uns gemacht.

Dann applaudieren alle.

»Und der Ring?«, fragt Darwin, der ihn mir aus der Hand nimmt.

»Was soll damit sein?«, fragt Bissig zurück.

»Ja, ist es denn nun der Ring, den damals Burgherr Finsterwald vor …«

Bissig grinst. »Lieber Darwin. Das ist der Ring, der euch zusammengeführt hat. Dich und Nerd, Nerdine und Rick. Ihr seid jetzt ein Team und habt gemeinsam das Ziel erreicht. Und um nichts anderes ging es die ganze Zeit. Ein wahres Abenteuer hat euch zusammengeführt.«

»Aber wie konnten Sie wissen, dass wir uns streiten und …?«

»Jeder wusste, dass ihr euch streiten werdet. Und als wir das Handy von Felix hatten, wussten wir auch von Nerds Schwester.«

»Und die Zeichen? Wer hat die Waldläuferzeichen gelegt?«

Hausmeister Bissig streichelt mir über den Kopf und sagt: »Na, wer wohl?«

Wir sind dann noch eine Nacht in Burg Finsterwald geblieben. Und erfuhren beim abendlichen Rittermahl im Festsaal, dass

die Burg gar kein normales Landschulheim ist, sondern ein Anti-Mobbing-Castle, wo Klassen wie unsere wieder zueinander finden sollen. Was nun auch gelungen ist.

Am nächsten Tag fuhren wir zurück.

Darwins Mutter hatte ihr Versprechen wahr gemacht. Auf ihren Fingernägeln glitzerten bei der Ankunft an der Schule golden die Buchstaben D-A-R-W-I-N, wobei I und N auf einen Finger lackiert waren, da der Name ja sechs Buchstaben hat.

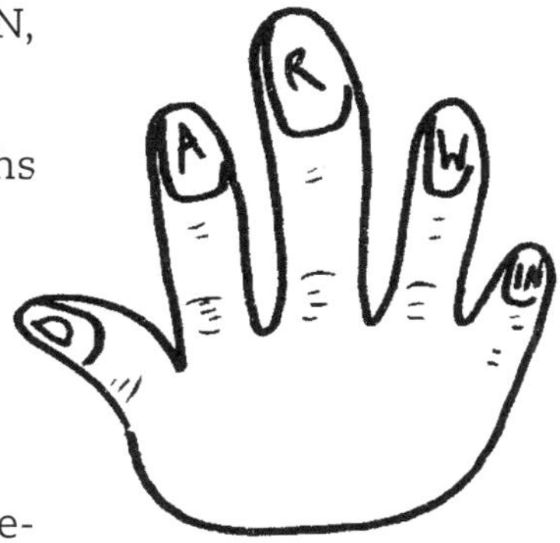

Nerdine gab mir zum Abschied noch einen Kuss auf die Wange.

Bis jetzt spüre ich diesen Kuss, obwohl ich schon wieder im Bett liege und hinüber zu meinem Computer schaue. Meine Beine sind schwer wie Blei. Ich werde gleich einschlafen. Ganz sicher! Auf dem Bildschirm habe ich das Foto von Hausmeister Bissig, wie wir alle im Rittersaal zusammenstehen.

Endlich sind wir eine Klasse ohne Loser und Mobber.

Naja, jedenfalls für heute.

IN THE HOOD!
Fabrice!
ENDE

Manfred Theisen

Nerd forever –
Ich glaub mich trifft der Ball

184 Seiten, ISBN 978-3-570-15790-9

Nerd würde lieber Darth Vaders Todesstern polieren als beim Kicker-Eröffnungsspiel der Schule mit dabei sein zu müssen. Doch Klassenkamerad Rick hat ihn in seine Mannschaft gewählt und so beginnt der Albtraum: Nerd muss nicht nur bei Sportlehrer Ritter trainieren, sondern sein Widersacher Darwin macht sich auch noch an Nerds Schwester Sarah ran...

10281

cbj

www.cbj-verlag.de

Manfred Theisen

Monsterland – Ein Geist auf der Flucht

ca. 160 Seiten, ISBN 978-3-570-16322-1

Als Fanni van Helsing ihren zehnten Geburtstag mit einem Riesenschokomuffin feiern will und von ihrem Papa stattdessen einen Geist in einer Kiste geschenkt bekommt, ist sie alles andere als begeistert. Jungrittergeist Finn macht sich zunächst einmal aus dem Staub – direkt hinein in den Freizeitpark Monsterland. Dort gerät er an Monster, Zombies und Gespenster, bis er sich schließlich dem Geheimbund Nix-Wie-Weg anschließt. Doch Fanni ist Finn auf den Fersen – um zu verhindern, dass er bei so finsteren Kumpanen wie Raubritter Otto oder Graf Dracula zu Schaden kommt ...

60027

cbt

www.cbt-buecher.de